존 왕

한국셰익스피어학회 작품총서 011

존 왕
King John

윌리엄 셰익스피어 지음
김소임 옮김

도서출판 동인

발간사

    지금까지 셰익스피어 작품에 대한 번역은 끊임없이 다양한 동기에 의해 진행되어 왔다. 초창기 셰익스피어 작품 번역은 일본어 번역을 우리말로 옮기는 작업이었다. 일본이 서구에 대한 수용을 활발한 번역을 통해서 시도하였기 때문에 일본어를 공부한 한국 학자들이 번역을 하는데 용이했던 까닭이었다. 하지만 이 경우는 문학적인 차원에서 서구 문학의 상징적 존재인 셰익스피어를 문학적으로 소개하는 것이 목적이어서 문어체를 바탕으로 문장의 내포된 의미를 부연하게 되어 매우 복잡하고 부자연스러운 번역이 주조를 이루었던 것이 문제가 되었다.

    그 다음 세대로서 영어에 능숙한 학자들이나 번역가들이 셰익스피어 번역에 참여하게 되었다. 셰익스피어 작품에 대한 수많은 주(note)를 참조하여 문학적 이해와 해석을 곁들인 번역은 작품의 깊이를 파악하는데 많은 도움이 되었다고 볼 수 있다. 하지만 셰익스피어 작품을 무대에 올리는 배우들에게는 또 다른 문제가 생길 수밖에 없었다. 문학적 해석을 번역에 수용하는 문장은 구어체적인 생동감을 느낄 수 없었고, 호흡이 너무 길어 배우가 대사로 처리하기에 부적합하였다.

이런 문제점을 해결하기 위해서 번역가마다 각자 특별한 효과를 내도록 원서에서 느낄 수 있는 운율적 실험을 실시하기도 하였다. 그런 시도는 셰익스피어 번역에 새로운 분위기를 자아내었을 뿐 아니라 다양한 번역이 이루어져 나름의 의미가 있었다고 본다. 반면에 우리말을 영어식의 운율에 맞추는 식의 인위적 효과를 위해서 실험하는 것은 배우들이 대사 처리하기에 또 다른 부자연성을 느끼게 하였다.

한국에서 셰익스피어를 연구하는 학자들이 모이는 한국셰익스피어학회에서 셰익스피어 탄생 450주년을 기념하여 셰익스피어 전작에 대한 새로운 번역을 시도하기로 하였다. 우선 이번 번역은 셰익스피어 원서를 수준 높게 이해하는 학자들이 배우들의 무대 언어에 알맞은 번역을 한다는 점에서 차별성을 두고자 한다. 또한 신세대 학자들이 대거 참여하여 우리말을 현대적 감각에 맞게 구사하여 번역을 하자는 원칙을 정하였다.

시대가 바뀔 때마다 독자들의 언어가 달라지고 이에 부응하는 번역이 나와야 한다고 본다. 무대 위의 배우들과 현대 독자들의 언어감각에 맞는 번역이란 두 마리 토끼를 잡는 것은 그리 쉬운 일은 아니지만 매우 의미 있는 일일 것이다. 이번 한국 셰익스피어 학회가 공인하는 셰익스피어 전작 번역이 성공적으로 이루어지도록 뒷받침하는 도서출판 동인의 이성모 사장에게 심심한 감사의 뜻을 전하며 인문학의 부재의 시대에 새로운 인문학의 부활을 이루어내는 계기가 되리라 믿는다.

2014년 3월
한국셰익스피어학회 17대 회장 박정근

옮긴이의 글

한국셰익스피어학회가 기획한 <셰익스피어 작품 총서>에 참여하게 된 것을 영광으로 생각한다. 셰익스피어는 내게 늘 올라가기 힘든 높은 성, 근접하기 어려운 화려한 정원과도 같이 사랑하면서도 선뜻 손을 잡기 힘든 대상이었다. 번역을 하게 된『존 왕』은 초면이었다. 셰익스피어의 사극 중에서도 변방에 위치해있는『존 왕』을 만남으로써 리처드 1세에서 헨리 3세로 이어지는 12-13세기 영국 중세의 한 대목과 마주하게 되었다. 존 왕은 역사적으로 귀족들과의 갈등 끝에 대헌장, 즉 마그나 카르타에 서명을 한 왕으로 알려져 있다. 무소불위의 왕의 권력에 제한을 두는 역사적인 마그나 카르타를 통해 영국은 무혈 민주주의로 향하는 긴 장정을 시작한다. 하지만 안타깝게도『존 왕』에는 마그나 카르타 이야기가 나오지 않아 영국 역사의 중요한 대목이 셰익스피어에 의해서 어떻게 그려질 것인지는 확인할 수 없다.

『존 왕』은 장자가 아닌 존 왕의 왕권의 정통성 문제와 프랑스에 있는 영국 왕의 영지를 둘러싼 프랑스와의 갈등, 캔터베리 대주교 임명을 둘러싸고 빚게 되는 교황과의 갈등이 주 줄거리이다. 갈등만 지속될 뿐 영국이란 나라의 기상이나 왕의 매력과 인품을 느낄 수 없다. 영지를 둘러싼 프랑스 왕과의

긴 말싸움, 형의 아들인 아서를 두고 벌어진 귀족들과의 갈등, 그리고 독살당하는 마지막 장면에 이르기까지 존 왕은 그렇게 매력 있는 왕이 아니다. 악인이어도 매력적인 인물을 우리는 셰익스피어 작품에서 많이 보아왔다. 악인인 이야고나 맥베스는 우리의 영혼을 흔든다. 하지만 존 왕은 왕권과 영지에 대한 집착과 욕심만 있을 뿐 영혼에 대한 성찰, 영국에 대한 통치 철학, 역사에 대한 비전 등을 보이지 않는다. 그렇다고 이 극에 매력 있는 인물이 부재한 것은 아니다. 존 왕의 형인 리처드 1세의 서자로 등장하는 서자는 존 왕에게서 찾을 수 없는 유머감각과 뛰어난 말주변뿐 아니라 왕에 대한 헌신을 보여준다. 사생아라는 것을 받아들이는 1막의 대사나 프랑스와 영국의 화합에 분노하는 2막의 대사는 화려하다. 어휘의 폭은 감정과 기백의 폭만큼이나 넓다. 비평가들은 셰익스피어가 존 왕 대신 서자를 통해서 왕의 모습을 그리고 있다고 평하기도 한다.

여성 인물들도 매력적이다. 존 왕의 어머니인 엘리노어 대비는 스스로를 전사라고 부른다. 존 왕은 어머니가 세상을 떠났다는 소식에 망연자실한다. 프랑스 안의 영지를 대하는 태도나 왕권을 수호하려는 결의에 있어서 대비는 존 왕보다 그릇이 크다. 엘리노어 대비의 반대 축에는 아서의 모친인 콘스탄스가 있다. 콘스탄스는 아서를 왕으로 만들기 위해서 프랑스군과 연대하며, 한 치의 흔들림 없이 단호하다. 영국과 프랑스의 화해 소식을 알리는 설즈베리에게 퍼붓는 콘스탄스의 대사는 지옥을 아우른다. 교황의 사자인 팬덜프는 영국과 프랑스 사이의 이간질을 서슴지 않는 이기적인 악인이다. 아서를 죽이라는 명령을 받은 휴버트와 죽지 않겠다고 매달리는 아서의 장면도 인상적이다. 천진난만한 아서 앞에서 휴버트는 고민한다. 결국 자신이 살려준 아서가 죽은 것을 발견하고, 휴버트는 오열한다.

이런 흥미 있는 인물들이 『존 왕』을 살린다. 『존 왕』에는 사람이 살고 있다. 비록 그들이 뛰어난 영웅이나 성인은 아닐지라도, 욕망과 배신, 지략과 절망을 오가는 그들은 우리 인간의 초상화다. 그것으로 『존 왕』은 셰익스피어 역사극에서 한 몫을 해내고 있다.

번역의 기회를 주신 한국셰익스피어학회와 출판을 맡아주신 도서출판 동인에 감사의 뜻을 전한다.

2015년 9월
김소임

| 차례 |

등장인물

존 왕 영국의 왕
엘리노어 대비 존 왕의 모친
헨리 왕자 존 왕의 아들로 추후 헨리 3세로 등극
블랜치 스페인 공주, 존의 누이의 딸로 존의 조카이다.

펨브룩 백작*
설즈베리 백작**
에섹스 백작
비곳 경

휴버트 존 왕의 심복
로버트 포큰브리지 고 로버트 포큰브리지 경의 아들
필립 로버트 포큰브리지의 이부 동생으로 리처드 1세의 사생아****
포큰브리지 부인 로버트 포큰브리지의 부인
제임스 거니 포큰브리지 부인의 하인
폼프릿의 피터 예언자

필립 왕 프랑스의 왕****

---

*   펨브룩 백작(The Earl of Pembroke, 1146-1219)은 역사적인 인물로서 이 작품에서는 존 왕에 반역하는 인물로 그려진다. 역사적으로 그는 존 왕의 통치기간 내내 충성을 바쳤는데 셰익스피어가 프랑스 침략군에 합류했던 그의 아들과 혼동한 것으로 알려져 있다(한국셰익스피어학회 742).

**   설즈베리 백작(The Earl of Salisbury)은 역사적인 인물(?-1226)로 작품 속에서 존 왕에게 반기를 든 영국 귀족들의 지도자이다. 역사적으로 설즈베리는 헨리 2세의 서자이고 존 왕의 배다른 형제이다. 역사적으로는 내전이 일어났을 때 영국의 귀족들과 프랑스 침략군의 동맹에 가담했고 존 왕 사후에 이탈했다고 한다(한국셰익스피어학회 352).

***   필립(Philip)은 리처드 1세(Richard 1)의 서자이다. 리처드 1세에게는 실제로 필립이라는 서자가 있었다고 하지만 극중 역할이 역사적 인물에 기초한 것은 아니다. 서자에 대해서 알려진 바는 거의 없다(한국셰익스피어학회 349).

**** 프랑스의 왕인 필립 왕은 필립 오거스터스로 불렸던 필립 2세(1165-1223)를 말한다.

루이 왕세자 필립 왕의 아들, 블랜치 공주와 결혼
아서 브리튼의 공작, 존 왕의 큰형 제프리 왕자의 아들*****
콘스탄스 아서의 모친, 존 왕의 형 제프리의 아내
오스트리아 대공****
멜론 프랑스의 귀족
샤띠옹 존 왕에게 파견된 프랑스 대사
팬덜프 추기경 로마 교황 특사

영국과 프랑스 측의 전령, 사자, 나팔수들, 군인들과 수행원들
영국 측의 귀족들, 사형집행인, 지역 관리,
앙지에의 시민들

***** 아서(Arthur, 1187-1203)는 존 왕의 형인 제프리(Geoffrey II)의 아들이다. 작품에서는
 왕위 계승자인 것으로 그려지지만 역사적으로는 권리가 없었다. 그 이유는 당시 영국에
 서는 장자승계원칙이 아직 확정되지 않았기 때문이다. 작품 속에서는 어린 아이로 나오
 고 있지만 실제로는 10대 후반의 군인 신분이었다. 역사적으로 1202년 필립 왕의 지원
 에 힘입어 존 왕에게 반란을 일으켰으며 1203년 체포된 후 어떻게 죽었는지는 불분명
 하다(한국셰익스피어학회 429-30; Wikipedia).

****** 오스트리아 대공(Duke of Austria)은 필립 왕과 아서의 동맹자이다. 그는 존 왕이 형의
 아들인 아서의 왕권을 찬탈했다고 주장하며, 프랑스 편을 들다가 3막 2장, 서자에 의해
 죽음을 당한다. 그는 사자 왕 리처드를 자신이 죽였다고 주장하며 사자 가죽을 몸에 두
 르고 다니는 허풍스러운 인물이다(한국셰익스피어학회 506-07).

1막

1장

존의 궁정

존 왕, 엘리노어 대비, 펨브룩, 에섹스, 설즈베리 백작과 수행원들이
샤띠옹 프랑스 대사와 함께 등장한다.

존 왕 샤띠옹 대사, 말해 보시오. 프랑스 왕이 내게 바라는 것이 무엇이요?

샤띠옹 인사를 드린 후, 프랑스 왕께서는

폐하께 직접 아뢰라고 하셨습니다.

이곳에 계시는 영국의 가짜 왕에게 말입니다.

5   **엘리노어 대비** 서두가 이상하군요. "가짜 왕"이라니?

존 왕 고정하시죠, 어머니. 대사의 말을 들어봅시다.

샤띠옹 프랑스의 필립 왕은 세상을 떠난 귀하의

형 제프리의 아들 아서 플랜태지넷의 정당하고 진실한 대변인으로서,

이 아름다운 섬과 아일랜드, 뿌아띠에,

10   앙주, 뚜렌느, 및 멘느 등의 영토에 대한

합법적인 요구를 하는 바이요.

귀하께서 칼을 내려놓고,

이 지역에 대한 찬탈적 지배를 멈추고

그 권리를 귀하의 조카이자

15   정당한 국왕인 젊은 아서 전하에게 넘겨주기를 바라고 계십니다.

존 왕 거부한다면 어떻게 되지?

샤띠옹 강제로 빼앗아간 이 권리들을 되찾기 위해서

격렬하고 피비린내 나는 전쟁을 당당하게 실행에 옮길 것이요.

존 왕 우리는 전쟁에는 전쟁, 피에는 피,

억지에는 억지로 맞선다고 프랑스 왕에게 전하라.   20

샤띠옹 그럼 프랑스 왕의 도전을 받으십시오.

제 대사로서의 권한은 거기까지입니다.

존 왕 당신 왕에게 보내는 내 도전도 가지고 무사히 돌아가게.

너는 프랑스 왕의 눈에 치는 번개가 되어야 한다.

네가 보고도 하기 전에, 나는 거기 가 있고   25

내 대포소리가 천둥처럼 울릴 것이다.

자, 빨리 가거라. 너는 내 분노의 나팔수,

스스로의 몰락을 알리는 우울한 예언자가 될 거야.

예를 갖춰서 경호해드려야지.

펨브룩, 그 일을 맡아주게. 잘 가시게. 샤띠옹.   30

샤띠옹과 펨브룩, 퇴장한다.

엘리노어 대비 [존 왕에게 속삭인다.] 이제 어쩔 거요. 내가 말하지 않았소?

그 야심 많은 콘스탄스가 자기 아들의 권리를 찾고, 아들 편을 들

게 하려고

프랑스와 전 세계를 충동질할 거라고 하지 않았소?

이 일은 아주 간단한 우호적인 협상으로

막을 수 있고, 무마될 수 있었소.   35

이제는 두 왕국이 무시무시하고

피비린내 나게 결판을 지어야만 조정이 되겠군요.

존 왕 우리는 강력한 병력을 가지고 있고

권리를 가지고 있습니다.

40 **엘리노어 대비** 권리보다는 강력한 병력이 중요하오.

그렇지 못하면 그대나 나에게나 다 문제가 생길거요.

이 얘기는 내 양심이 그대 귀에만 속삭이는 것이니

하늘과 그대 그리고 나 이외에는 누구도 들어서는 안 돼요.

행정관이 등장하여 에섹스에게 속삭인다.

에섹스 폐하, 이상한 분쟁 소송이 지방에서 올라와

45 폐하의 판결을 기다리고 있는데 여태까지 들도 보도 못한 것입니다.

사람들을 들어오게 할까요?

존 왕 들라 하라.

행정관, 퇴장한다.

이번 프랑스 원정의 경비는 대수도원, 소수도원이 지불하도록 해

야겠군.

로버트 포큰브리지와 서자 필립이 행정관과 함께 등장한다.

너희들은 누구냐?

50 **서자** 저는 폐하의 충성스러운 신하이며,

노샘프턴셔에서 출생한 신사입니다.

그리고 영광스럽게도 사자 왕께서 전쟁터에서 기사 작위를 내리신,
군인이 되시는 로버트 포큰브리지의 장남일 것으로 생각하고 있
습니다.

존 왕 너는 누구냐?　　　　　　　　　　　　　　　　　　　55

로버트 바로 그 포큰브리지의 아들이자 상속자입니다.

존 왕 저 사람은 장남이고, 자네는 상속자라고?

　　　　그럼 한 어머니에게서 난 게 아니겠지.

서자 한 어머니가 분명합니다. 폐하.

　　　다들 알고 있는 일입니다. 그리고 아버지도 한 아버지 일 것으로　60

　　　생각하고 있습니다.

　　　진실 여부는

　　　하늘과 어머니에게 물으셔야 합니다.

　　　저도 의심이 갑니다. 사람의 자식이라면 그렇겠지요.

엘리노어 대비 물러가게. 무례한 자 같으니라고.

　　　의심으로 어머니를 욕보이고 명예를 해치다니.　　　　　　65

서자 제가요? 마마. 아닙니다. 저는 그럴 이유가 없습니다.

　　　이건 제 동생의 요청이지 저는 아닙니다.

　　　제 동생이 증명을 하게 되면,

　　　저는 적어도 연 수입 500파운드는 잃게 됩니다.

　　　하늘이시여, 부디 제 어머니의 명예와 제 땅을 지켜주시길!　　70

존 왕 무척 솔직한 친구로군. 왜 네 동생이 네 상속재산을 요구하는 것이냐?

서자 토지를 갖고 싶어 한다는 것 외에는 이유를 모릅니다.

언젠가 동생이 저를 사생아라고 비방한 적이 있습니다.

제가 정당하게 태어났는지 아닌지는

제 어머니만이 아실 일입니다.

하지만 저도 동생 못지않게 훌륭하게 태어났다는 것을, 폐하ㅡ

저를 낳느라고 고생한 분의 유골에 축복있으소서!ㅡ

저희들의 얼굴을 비교해서 폐하께서 판단해주십시오.

80   로버트 경께서 우리 둘 다를 낳았고

우리 아버지라면, 그리고 저 아들이 그를 닮았다면,

아버지이신 로버트 경이여, 제가 당신을 닮지 않았다는 것을

무릎 꿇고 하늘에 감사드립니다!

존 왕   저런 미치광이를 하늘이 여기다 보내셨는가!

85   **엘리노어 대비**   저자는 사자 왕과 닮은 데가 있소.

말투가 닮았어요.

저 사람의 큰 체격에서

내 아들의 특징이 보이지 않소?

존 왕   저도 저자의 몸집을 살펴보니

리처드와 꼭 닮았다고 생각했습니다. [로버트에게] 여봐라, 아뢰어라.

왜 형의 영토를 네 것이라고 주장하는 것이냐?

서자   아버님을 닮아 자기 얼굴이 얄팍하기 때문이랍니다.

그 반쪽짜리 얼굴로 제 영토를 전부 다 차지하겠다는 겁니다.

반쪽 얼굴 은전으로 연 수입 500파운드를 먹겠다는 겁니다.

95   **로버트**   자비로우신 폐하. 저희 아버님이 생존해 계실 때

형님 되신 폐하께서 저희 아버님께 많은 일을 시키셨습니다.

서자 [방백] 그런 말로 내 땅을 차지할 수는 없지.

폐하께서 우리 어머니에게 어떤 일을 시켰는지를 얘기해야지.

로버트 한번은 폐하께서 아버님을

독일에 특사로 파견하셨습니다.   100

거기서 황제와 당시의 중요한 안건들을 처리하게 하셨죠.

아버지가 집에 계시지 않은 틈에

폐하는 아버지 집에 머무르셨습니다.

거기서 어떻게 승리를 하셨는지는 창피해서 차마 말을 못하겠습니다.

하지만 사실은 사실입니다. 제가 아버님이 하시는 말씀을 들었는데   105

건장한 이 신사가 잉태된 시점에

아버지와 어머니 사이에는

멀고 먼 바다와 육지들이 놓여있었답니다.

임종 시 유언으로 아버님은 제게

자신의 영토를 물려주셨습니다.   110

그리고 어머니가 낳은 이 자가 자신의 친자가 아니라고 맹세하셨습니다.

만약에 친자라면 산달보다 14주일이나

먼저 태어난 것이 됩니다.

그러니, 폐하, 아버지의 유언대로

아버지 소유의 땅을 제가 가질 수 있도록 해주십시오.   115

존 왕 여봐라. 네 형은 적자다.

네 부친의 처가 결혼한 후에 그를 임신했으니,

여자가 부정한 짓을 했다면 여자 잘못이다.

그 잘못은 마누라를 둔

120   모든 남편이 갖는 위험이다. 말해보아라.

네 말대로 우리 형님 폐하께서 이 아들을 낳는데

애를 썼다고 하더라도, 네 부친에게

자기 아들이라고 주장하셨다면 어떻게 되었을까?

네 부친은 자기 암소가 낳은 송아지를 온 세상으로부터 지키려고

했을 것이다.

125   정말 그럴 것이다. 그리고 저자가 내 형님의 자식이라도

형님이 저자를 자기 아들이라고 주장하지 않으시고, 네 부친 또한

자식은 아니지만 거부하지 않는다면. 결론은 이렇게 된다.

네 모친의 아들은 네 부친의 상속자이고,

네 부친의 상속자는 네 부친의 영토를 물려받아야만 한다.

130 **로버트** 그렇다면 아버지의 유언장은

자기 자식이 아닌 자의 상속을 박탈하는 데 아무 효력도 없습니까?

서자 날 낳겠다는 생각이 희미했던 것처럼,

내 상속을 박탈할 힘도 약한 거겠지.

엘리노어 대비 [서자에게] 너는 어떻게 하겠느냐. 포큰브리지 가문으로서

135   동생처럼 영토를 소유하겠느냐?

사자 왕의 명망 있는 아들로서

영토는 없더라도 진정한 아들로서 살겠느냐?

서자 [대비에게] 마마. 제 동생이 제 모습이 되고,

제가 동생처럼 로버트 경의 모습이 된다면,

140   그래서 제 다리가 가느다란 회초리 같고

제 팔이 속을 채운 뱀장어 가죽 꼴이라면.

사람들이 "저기 얇은 서푼짜리 동전이 간다"고 할까봐

얄팍한 제 얼굴에 달린 귀에다 장미꽃도 꽂을 수 없을 겁니다.[1]

저 몰골로 영토 전부를 상속받는다면,

저는 이 자리에서 쓰러져 죽어도 좋습니다.   145

저는 지금 얼굴을 갖기 위해서 땅은 한 치도 남김없이 주겠습니다.

어쨌거나 저는 회초리 닮은 꼴사나운 귀족이 되고 싶지는 않습니다.

엘리노어 대비 나는 네가 마음에 든다. 네 재산을 다 버리고

영토를 다 동생에게 양도하고 나를 따르겠느냐?

나는 군인이고, 이제 프랑스로 진격할 참이다.   150

서자 [로버트에게] 동생. 내 땅을 가져라. 나는 내 운명을 잡겠다.

네 얼굴로 넌 1년에 500파운드를 벌게 되었지만

네 얼굴을 팔면 5펜스나 받을 거다. 그것도 비싼 거다.

마마, 죽기까지 마마를 따르겠사옵니다.

엘리노어 대비 아니. 죽을 때는 네가 먼저 가야지.   155

서자 나라의 예법 상 어른께서 먼저 가셔야죠.

존 왕 네 이름이 뭐냐?

엘리노어 대비 필립입니다. 폐하.

로버트 경의 부인의 장남인 필립입니다.

존 왕 그럼 이제부터 모습을 닮은 분의 이름을 지니도록 해라.   160

무릎을 꿇어라, 필립. 보다 높은 신분으로 일어서게 될 거다.

일어서시게. 리처드 플랜태지넷 경.[2]

---

1. 셰익스피어 시대에 사용되던 동전에는 여왕이 머리에 장미를 꽂은 그림이 새겨진
   것이 있었으며, 서푼짜리 동전은 매우 얄팍했다.

서자 [로버트에게] 어머니 쪽 동생, 손이나 잡아보자.

나의 부친은 내게 명예를 주셨고 네 부친은 네게 영토를 주셨다.

165 로버트 경의 부재중에 내가 잉태된 시간,

밤이건 낮이건 간에 축복 있으라.

엘리노어 대비 플랜태지넷 가문의 기백 그대로구나!

나는 네 할머니다, 리처드. 그렇게 부르거라.

서자 마마, 저는 정당하게 태어난 게 아니라 우연히 태어났습니다. 그래서 뭐 어떻습니까?

170 정도에서 약간 벗어나서

창문이나 쪽문으로 들어간 셈이죠.

낮에 감히 행차를 못하는 자는 밤에라도 걸어봐야 합니다.

어떻게 잡았던 간에 가진 것은 가진 겁니다.

활이 가깝게 떨어지건 멀리 떨어지건 간에, 이겼으면 잘 쏜 것입니다.

175 어떻게 잉태되었던지, 저는 저입니다.

존 왕 물러가거라, 포큰브리지, 이제 원하는 것을 얻었으니.

영지가 없는 기사가 너를 영지를 지닌 대지주로 만들어주었구나.

갑시다, 어머니. 너도 가자. 리처드. 프랑스로 서둘러 진격해야 해.

프랑스로 말이야. 아주 긴급한 상황이다.

180 **서자** [로버트에게] 동생, 잘 가거라. 행운을 빈다.

---

2. 플랜태지넷 가는 1154년에서 1484년 사이에 영국을 통치한 가문이다. 장미 전쟁을 일으킨 요크 가문과 랑카스터 가문 또한 플랜태지넷 가문의 일파이다. 플랜태지넷 가문의 최초의 인물은 프랑스 귀족인 양주 백작 제프리인데 그는 헨리 1세의 딸과 결혼한다. 제프리의 아들 헨리 2세는 이 가문의 최초의 왕이 된다. 헨리 2세의 아들 인 사자 왕 리처드 또한 플랜태지넷 가문이다(한국셰익스피어학회 766).

너는 정당하게 태어났으니.

서자를 제외하고는 모두 퇴장한다.

전보다 명예는 얻었지만
땅은 왕창 잃었구나.
나는 이제 어떤 평범한 여자도 귀부인으로 만들어줄 수 있다.
"안녕하십니까, 리처드 경" 하고 인사를 하면 "자네도 잘 지내   185
게"라고 인사하지.
이름이 조지라면 난 피터라고 부를 거야.
출세를 했으니 이름쯤이야 잊어버리는 게 당연하거든.
신분이 상승했는데 예의를 갖추고, 친한 척 하는 것은 안 어울리지.
여행께나 다닌 사람이 높으신 이 몸의 식탁에서 이를 쑤시고 있다.   190
그때 이 기사 양반께서 배가 부르시면,
이를 빨면서, 사방팔방 다 돌아다닌 그 말끔한 친구를 향해
교리 문답을 던져보지. "여보시게나"
팔꿈치에 몸을 기대면서 시작하는 거지.
"내 자네에게 청이 있소." 그게 교리 질문이지.   195
그러면 교리 문답책처럼 답이 나오는 거야.
"예, 나리," "명하시는 대로, 시키시는 대로,
뭐든지 하겠습니다요, 나리" 이렇게 답이 오는 거지.
"아니요, 친절한 양반, 그건 내가 할 말이요."라고 응수하지.
교리 문답이 교리 질문을 이해도 하기 전에   200
인사말은 생략해버리고,

알프스 산이니 아펜닌 산맥이니
피레네 산맥이니 포 강이니 늘어놓다보면
만찬 시간은 다 지나가지.
205 여기는 고귀한 자들이 모이는 자리고,
나같이 야심만만한 영혼에는 딱 어울린다.
아첨을 하지 않은 자는
이 시대의 적자는 아니다.
하건 안하건 나는 서자지만.
210 옷차림이나 계급장 같은
외형이나 장신구뿐 아니라
마음으로부터 이 시대의 입맛에 맞게
달달한 독약을 건네야겠다.
속이기 위해서 그러는 것이 아니라
속임수를 피하기 위해서 배우는 것이다.
내 출세의 계단에
달달한 아첨이 뿌려질 테니까.
누가 승마복을 입고 저리 급하게 달려오는 거지?
여자 파발꾼인가? 앞에서 나팔을 불어줄
남편도 없는 모양이지?

                포큰브리지 부인과 하인 제임스 거니, 등장한다.

220 아니, 어머니시군. 어쩐 일이세요, 어머니.
어쩐 일로 이렇게 급하게 궁으로 달려오시는 겁니까?

포큰브리지 부인 못된 네 동생은 어디 있느냐? 어미의 명예를

위로 아래로 사냥질하고 다니는 놈 어디 있느냐?

서자 제 동생 로버트, 로버트 경의 아들 말인가요?

거인 콜브란드 같이 힘센 인간 말씀이시죠?

로버트 경의 아들 찾으시는 거죠?

포큰브리지 부인 로버트 경의 아들이라. 그래, 이 불경스러운 녀석.

로버트 경의 아들이라고! 왜 로버트 경에게 비아냥거리는 것이냐?

그 애는 로버트 경의 아들이고, 너도 마찬가지다.

서자 제임스 거니. 잠시만 자리 좀 비켜주겠어?   230

거니 그러지요, 필립.

서자 필립이라고? 참새라고도 하지 그래! 제임스.

세상에는 사소한 장난들이 벌어지고 있다. 곧 네게 알려주마.

                    제임스 거니, 퇴장한다.

어머니. 전 로버트 경의 아들이 아닙니다.

로버트 경이 제 몸 안에 있는 자신의 일부를 잡수시려면,

예수 수난일에 하실 텐데, 그분은 단식을 중단하신 적이 없습니다. 235

로버트 경은, 솔직히 말해서, 밤일을 잘 하셨을 겁니다.[3]

그런데 그 분이 저를 만드실 수 있었을까요? 로버트 경은 하실

수 없었어요.

우리는 그 분의 작품을 알고 있어요.

---

3. 아든과 뉴 캠프리지 셰익스피어에 의하면 "could do well"에서 "do"는 성교를 하다
   를 가리킨다(NCS 73).

그러니 어머니, 제게 이 수족을 주신 분이 누굽니까?

240   로버트 경은 이 다리를 만드는 데 도움이 안 되셨어요.

포큰브리지 부인   너도 동생과 작당을 했구나.

네 자신의 이익을 위해서도 어미의 명예를 지켜줘야 하는 것 아니냐?

왜 모욕하는 거야? 이 버르장머리 없는 놈.

서자   저는 기사, 기사예요 어머니. 바실리스코 같은 기사요.[4]

245   기사 작위를 받았어요. 어깨를 칼로 쳐서 받았어요.

하지만 어머니, 저는 로버트 경의 아들은 아니에요.

저는 로버트 경과도, 영토와도 절연했어요.

적자 신분도 이름도, 모든 것이 사라졌어요.

그러니, 어머니, 제 아버지가 누군지 알려주세요.

250   괜찮은 분이시겠죠. 누구예요, 어머니?

포큰브리지 부인   포큰브리지 가문과 절연했다고?

서자   악마와 절연하듯, 신심으로요.

포큰브리지 부인   사자 왕 리처드가 네 부친이시다.

길고 열렬한 구애에 넘어가

255   남편의 침대에 그분을 받아들이게 되었지.

하늘이여, 제 잘못을 나무라지 마소서.

네가 내 값비싼 과오의 열매다.

너무나 강한 유혹에 막을 수가 없었구나.

서자   이 태양빛에 맹세코, 제가 다시 잉태된다고 하더라도,

---

4. 바실리스코는 토마스 키드(Thomas Kyd)가 쓴 것으로 추정되는 『솔리만과 페르세다
의 비극』(*The Tragedy of Soliman and Perseda*)에 나오는 허풍선이 기사이다.

더 좋은 아버지를 바라지는 않습니다. ²⁶⁰

이 세상에서 용서받을 수 있는 죄도 있습니다.

어머니도 마찬가지입니다. 어머니의 잘못은 어리석어서가 아닙니다.

어머니는 마음을 그분께 다 바쳐야만 했던 겁니다.

위엄 있는 사랑에는 신하로서 헌신을 다할 수밖에 없습니다.

그분의 분노와 비할 바 없는 완력 앞에서는 ²⁶⁵

두려움 없는 사자가 싸움도 못하고

리처드에게 고귀한 심장을 잡아 뜯겼다고 합니다.[5]

사자들의 심장을 강탈하는 분이니

여자 마음을 쉽게 얻으시겠지요. 자, 어머니.

아버지에 대해서는 진심으로 감사드립니다. ²⁷⁰

살아있는 자 중에 누구라도 감히 어머니가 잘못해서

제가 태어났다고 하는 인간은 지옥으로 보내버리겠습니다.

이리오세요, 어머니. 제 친척들에게 소개시켜드릴게요.

그분들은 리처드 왕이 저를 잉태시킬 때,

어머니가 거절했다면, 그것이 죄였다고 말할 겁니다. ²⁷⁵

어머니가 죄지었다고 하는 자는, 거짓말이죠. 죄가 아니라고 나
는 단언합니다.

두 사람, 퇴장한다.

---

5. 리처드 왕이 오스트리아 대공에게 감금당했을 때, 감옥 바깥에 굶주린 사자가 있었
   는데 으르렁대자 리처드 왕이 사자의 목으로 손을 집어넣어 심장을 잡아챘다는 전
   설이 있다(NCS 74).

2막

1장

앙지에 시 앞[6]

성문의 한 쪽 문으로 프랑스 왕 필립과 루이 왕세자, 콘스탄스 부인과 아서,
귀족들과 병사들이 등장한다.
다른 문으로는 오스트리아 대공이 병사들과 함께 등장한다.

필립 왕 [오스트리아 대공을 포옹하며] 용맹한 오스트리아 대공, 앙지에 앞에

서 만나니 참 반갑습니다.

아서, 네 집안의 위대한 어른이신,

리처드 왕께서는 사자의 심장을 강탈하시고,

팔레스타인에서 성전을 치루셨는데

5   이 용감한 대공에 의해 요절하셨다.

대공은 후손에게 보상해 주시려고

내 간청으로 너를 위하여,

군기를 펄럭이며 이곳에 오셨구나.

네 무도한 삼촌, 영국 왕의

10   왕위 찬탈을 혼내주러 오신 것이다.

---

6. 앙지에(Angiers)는 프랑스 북서부에 있는 도시로서 이 작품의 2막, 3막의 배경이 된
다. 양쥬(Anjou)의 수도이며, 플랜태지넷 왕들의 고향이기도 한 곳이다. 프랑스와 영
국 사이의 대결의 현장이다. 2막 1장에서는 양국의 군대가 앙지에의 관문 앞에서 대
치한다(한국셰익스피어학회 455).

대공을 포옹해 드리고, 사랑을 표하고, 환영해라.

아서   하나님은 대공께서 사자 왕을 살해한 것을 용서하실 겁니다.

대공께서는 전쟁이라는 날개로 우리의 권리를 보호해주시고

사자 왕의 후손들에게 생명을 주시니까요.

환영하는 손은 힘이 없으나   15

마음만은 때 묻지 않은 사랑으로 가득 차 있습니다.

대공, 앙지에의 성문 앞에 오신 것을 환영합니다.

필립 왕   고귀한 소년. 너를 대접해주지 않을 자가 누가 있으랴?

오스트리아 대공   왕자님의 볼에 이 열렬한 입맞춤을 바칩니다.

사랑의 증서에 도장을 찍는 것과 같지요.   20

저는 고향으로 다시는 돌아가지 않겠다는 증서입니다.

앙지에 시를 비롯해서 왕자께서 프랑스에 보유하고 계신 권리들

을 되찾고,

그리고 저 창백한, 하얀 얼굴의 절벽이[7]

아래로는 대양의 사나운 파도를 물리치고,

다른 나라로부터 자국민을 지켜주는   25

바다에 둘러싸인 영국,

외국의 침입에 안전하다고 자신하는

바다로 성벽을 쌓은 성채 같은

서쪽 끝에 있는 그 나라가

---

7. "하얀 얼굴의 절벽"은 도버 해협을 마주하고 있는 암벽을 말하는데 그 하얀 암벽으
   로부터 영국의 고대 이름인 "앨비언"(Albion)이 비롯하였을 것으로 추측되고 있다.
   앨비언의 어원은 흰색과 연관 된다(NCS 75).

30   왕자께 고개 숙일 때까지 말입니다. 그때까지 아름다운 왕자님,

     저는 고국을 잊어버리고 전쟁에만 매진하겠습니다.

콘스탄스 [오스트리아 대공에게] 대공의 강한 손이 왕자에게 힘을 주어서

     당신의 사랑에 더 크게 보답할 수 있을 때까지

     이 어미의 감사, 미망인의 감사를 받아주십시오.

35 **오스트리아 대공** 이렇게 정당하고 자비를 베푸는 전쟁에서

     칼을 드는 자에게 하늘의 평화가 함께할 것입니다.

필립 왕 자, 이제 시작이다. 우리 대포가

     저항하는 이 도시의 이마, 흉벽을 겨눌 것이다.[8]

     최고의 전술 전문가들을 모아

40   최고로 유리한 공격 지점을 선택하도록 하자.

     이 도시 앞에 우리 왕족의 뼈를 묻게 될지라도,

     도시의 장터까지 프랑스 인들의 피를 헤치며 가게 될지라도,

     이 도시를 꼭 이 소년에게 굴복시키리라.

콘스탄스 폐하의 칼에 무모하게 피를 묻히지 않도록

45   대사가 가져올 답을 기다리시지요.

     샤띠옹 경께서 영국으로부터

     우리가 전쟁을 통해 요구하는 권리를 평화롭게 가져올 수도 있습니다.

     그렇게 되면 우리는 경술하고, 성급하고, 부당하게 흘린

     피 방울, 방울마다 후회하게 될 겁니다.

                    샤띠옹, 등장한다.

---

8. 성곽 문을 도시의 눈이라고 하고, 흉벽을 도시의 이마로 칭했다(NCS 76).

필립 왕 놀랍군요, 부인! 부인이 바라는 대로   50

우리 특사 샤띠옹이 도착했습니다.

영국 왕이 뭐라고 했는지, 간단하게 말해보오, 경.

나는 냉정하게 그대의 말을 기다리고 있소. 샤띠옹, 말해보오.

샤띠옹 이 보잘 것 없는 지역을 포위하고 있는 폐하의 군대를 빼내어

더 중요한 임무를 하도록 박차를 가하셔야 합니다.   55

영국 왕은 폐하의 정당한 요구에 평정심을 잃고,

무력을 동원하였습니다. 역풍으로 인해

제 출발이 늦어지는 바람에, 영국 왕은 시간을 벌어 저와 동시에

자신의 군대를 상륙시킬 수 있게 되었습니다.

영국 군대는 이 도시를 향해 빠르게 진격하고 있으며   60

병력은 강력하고, 병사는 자신만만합니다.

왕과 함께 왕을 피와 전쟁을 하도록 부추긴

불화의 여신 아테와 같은 대비도 함께 옵니다.[9]

대비의 손녀인 스페인의 블랜치 공주와

작고한 사자 왕의 서자도 함께 합니다.

그리고 그 나라의 불만 가득한 자들이 따르고 있습니다.

성급하고, 분별없고, 성깔 있는 자원병들이,

여자 같은 얼굴에 흉포한 용의 기질을 가진 자들이,[10]

고향에서 전 재산을 팔아서

상속권만 등짝에다 자랑스럽게 짊어지고   70

---

9. 아테(Ate)는 불화와 분쟁의 여신을 말한다(NCS 77).

10. "여자 같은 얼굴"이란 어리고 수염도 나지 않았다는 의미이다.

이곳에서 새 운명을 개척해보고자 노리고 있습니다.

간단히 말씀드려서, 지금 영국 배가 나르고 있는 군대보다

더 겁 없는 용맹한 선발부대가

기독교 국가를 공격하고 해치려고

75   출렁이는 파도를 건넌 적은 없었습니다.

북치는 소리

저 시끄러운 북소리가 방해를 해서

더 이상 상세한 말씀을 드리지 못하겠습니다. 저들이 코앞에 왔으니

회담이든, 전쟁이든 준비를 하셔야 합니다.

필립 왕 전혀 예상치 못한 속도로구나.

80 **오스트리아 대공** 예상치 않은 만큼,

우리는 정신 차리고 힘을 내 방어를 해야 합니다.

용기는 상황에 따라 커지는 겁니다.

저들을 어서 오라고 합시다. 우리는 준비가 되어있습니다.

존 왕이 서자, 엘리노어 대비, 조카딸 블랜치, 펨브룩, 설즈베리,
병사들과 함께 등장한다.

존 왕 프랑스가 내 도시에 대해 세습되어온 정당한 입성의 권한을

85   평화스럽게 허용한다면, 프랑스에게 평화가 있을지어다.

그렇지 않으면, 프랑스는 피를 흘리게 되고, 평화는 하늘로 올라

가 버릴 것이다.

나는 신의 분노한 대리인으로서

평화를 세상에서 사라지게 한 그대들의 오만한 경멸을 바로 잡을 것이다.

필립 왕 영국의 군대들이 프랑스로부터 영국으로 돌아가   90

그곳에서 평화스럽게 산다면, 영국에게 평화가 있을지어다.

나는 영국을 사랑한다. 그리고 영국을 위하여

이 무거운 갑옷을 지고 땀 흘리고 있는 것이다.

내가 하는 고생은 당신의 몫이어야 한다.

하지만 당신은 영국을 사랑하기는커녕

법통의 국왕을 무너뜨리고,   95

후손의 왕위 계승을 끊어버리고,

어린 왕자를 겁박하고, 왕권의 처녀성을

겁탈하였다.

이 얼굴에서 당신의 형 제프리의 얼굴을 들여다보라.

이 눈, 이 이마가 제프리의 눈와 이마를 틀로 해서 만들어졌으니. 100

이 작은 요약본이 제프리와 함께 사라진 큰 책을 포함하고 있다.

시간의 손이 어루만지면

이 작은 책은 커다란 책이 될 것이다.

제프리가 당신의 형이고,

이 아이가 그의 아들이다. 영국은 제프리의 것이었고,   105

이 아이는 제프리의 아들이다.11 신의 이름으로 묻노니

---

11. "이것은 제프리의 것이다"라는 본문에서 "이것"은 "양지에 시"를 가리킬 수도 있
고, 왕자를 가리킬 수도, 또는 왕관을 가리킬 수도 있다. 연출자의 판단에 따라 배
우가 이것은 손으로 가리키면서 연기하는 것이 바람직하다(NCS 79).

어떻게 당신이 왕이라 불리게 되었는가?

당신이 강탈한 왕관의 주인의

관자놀이에 싱싱한 피가 맥박치고 있거늘.

110 **존 왕**   프랑스 왕이여, 누구에게서 대단한 권한을 받아서,

조목조목 내 답변을 받아내려 하는 건가?

필립 왕   천상의 심판관에게서 받았소. 그는 정의가 얼룩지고 더러워지는 것을 보면

강한 통치자의 마음에 올바른 생각이 들게 하시거든.

115   그 심판관께서 나를 이 소년의 후견인으로 만드셨지.

그분의 보장 하에 나는 당신의 잘못을 고발하고

그분의 도우심으로 그것을 질책하려 함이라.

존 왕   이런, 당신은 권력을 찬탈하고 있다.

필립 왕   찬탈자를 물리치기 위해서 어쩔 수 없지.

120 **엘리노어 대비**   누구보고 찬탈자라고 부르는 거요, 프랑스 왕?

콘스탄스   제가 대답하리라. 왕위를 찬탈한 당신 아들이요.

엘리노어 대비   꺼져라, 무엄한 것. 네가 낳은 서자가 왕이 되고 네가 여왕이 되어 세상을 마음대로 다스리겠다는 거지![12]

콘스탄스   당신이 당신 남편에게 그랬듯이

125   저는 당신 아들에게 정조를 지켰어요. 그리고 이 아들은

당신과 존 왕이 성품을 닮은 것보다 더

자기 부친인 제프리의 외모를 그대로 닮았어요.

---

12. 체스 경기에서 은유를 가져왔다고 본다. 16세기 초 체스 경기에서는 '여왕'이 가장 강력한 말이었다(NCS 80).

당신과 존은 물과 비, 악마와 그 어미 같이 똑같지만요.

내 아들이 서자라고! 내 영혼에 맹세코

나는 당신 아들의 출생이 정당할 것 같지 않습니다.　　　　　130

그럴 수가 없어요. 당신이 그의 모친이라면.

엘리노어 대비　네 부친을 욕보이고 있으니, 얘야, 참 좋은 어미로구나.

콘스탄스　너를 욕보이고 있으니, 얘야, 참 좋은 할머니로구나.

오스트리아 대공　조용히들 하시오.

서자　법정의 정리가 소리치는구나!

오스트리아 대공　넌 도대체 누구냐?

서자　너를 혼꾸멍 내줄 분이시다.　　　　　135

네놈을 잡아, 쓰고 있는 사자 가죽을 벗겨버리겠다.[13]

너는 속담에 나오는 토끼 같구나. 죽은 사자의 수염을

잡아당길 용기가 있다지.

나는 네놈의 사자 가죽 망토를 벗겨내고, 네놈도 잡아 족치겠다.

여봐라. 조심해라. 난 하고 말거거든. 맹세코!　　　　　140

블랜치　사자 가죽은 사자 가죽을 벗긴 그 분에게

어울리는 것이었어요.

서자　가죽을 등짝에 아무렇게나 들쳐 매고 있으니

노새가 헤라클레스의 사자 껍질을 쓰고 있는 꼴이구나.

하지만, 이 노새 놈아. 내가 네놈 등짝에서 그 짐을 덜어주지.　　　　145

아니면 네 어깨가 박살이 나도록 짐을 얹어주던지.

---

13. 오스트리아 대공은 리처드 왕을 죽이고 사자 가죽을 쓰고 다녔다고 한다. 서자는
부친인 리처드 왕에 대한 복수를 하고자 한다.

오스트리아 대공 쓸데없는 말을 늘어놓아

　　　우리 귀를 먹먹하게 하는 이 허풍선이는 누구인가?

　　　필립 왕, 우리가 어떻게 할 것인지를 즉시 결정하시오.[14]

필립 왕 왕세자, 우리가 해야 할 일을 즉시 결정하라.

150　**루이 왕세자** 여자와 바보들은 말싸움을 그만 두시오.

필립 왕 우리의 요지는 다음과 같다.

　　　영국, 아일랜드, 앙주, 뚜렌느, 멘느의 영토를

　　　아서의 소유로 할 것을 당신에게 요구하는 바이다.

　　　그 영토를 내놓고 무기를 내려놓겠는가?

155　**존 왕** 내 목숨을 내놓고 말지. 프랑스 왕, 난 당신에게 도전하는 바이다.

　　　브리튼의 아서, 내게로 오거라.

　　　저 비겁한 프랑스 왕에게서는 결코 얻을 수 없는

　　　많은 것을 깊은 사랑의 마음으로 네게 주겠다.

　　　말을 듣거라, 얘야.

엘리노어 대비 할머니에게 오거라, 얘야.

160　**콘스탄스** 그렇게 하렴, 할머니에게 가보려무나. 아가야.

　　　할머니께 왕국을 바치면, 할머니는

　　　네게 자두, 체리, 무화과를 주실 거다.

　　　맘씨 좋은 할머니시니까.

아서 어머니, 그만 하세요.

　　　소자는 무덤에라도 들어가 눕고 싶습니다.

165　　저는 저 때문에 이렇게 난리법석을 칠만한 주제가 못됩니다.

---

14. 이 대사를 하는 인물은 편집본에 따라서 일치하지 않음을 밝혀둔다.

엘리노어 대비 어미가 창피를 주니, 불쌍한 어린 게, 우는구나.

콘스탄스 남은 상관 마시고, 창피한 줄 아세요.

　　어미가 창피 준 게 아니라 할머니가 잘못해서

　　하늘도 감동시킬 진주 방울이 저 아이의 불쌍한 눈에서 떨어지는 겁니다.

　　하늘도 그 진주를 사례로 받으실 거예요.　　　　　　　　　　　170

　　네, 이 수정 구슬에 하늘도 매수되어

　　아이에게는 정의를 베풀고 당신에게는 복수를 내리실 겁니다.

엘리노어 대비 하늘과 땅을 악랄하게 모략하는구나.

콘스탄스 당신이야말로 하늘과 땅에 상처를 주고 있소.

　　내가 모략한다는 말은 하지도 마시오! 당신과 당신의 아들이야말로　175

　　이 핍박받는 아이로부터

　　영토와, 왕권 그리고 권리를 찬탈하고 있는 거요. 이 아이는 당신

　　장남의 아들이요.

　　오직 당신 때문에 불행해진 겁니다.

　　당신의 죄에 대한 벌을 이 아이가 받는 거죠.

　　죄를 잉태하는 당신의 자궁으로부터 2대 밖에 되지 않았으니　　180

　　심판이 이 아이에게 내려진 겁니다.

존 왕 미쳤군. 그만 해라.

콘스탄스 이 말만은 해야겠어요.

　　2세대 떨어진 이 아이가 할미의 죄 때문에 고통을 당할 뿐 아니라

　　하나님은 할미의 죄인 존 왕과 할미 자신 때문에 고통을 당하게　185

　　하셨어요.

　　할미 때문에 고통당하고, 할미가 받는 벌 때문에 고통당하는 거죠.

할미의 죄는 이 아이에게 상처가 되고,

할미가 받는 상처는 할미의 죄에 대한 채찍질이죠.

이 모든 게 다 이 아이에게 내려졌어요.

190   다 저 할미 때문이지. 저주나 내려라.

엘리노어 대비 함부로 입을 놀리는 계집.

네 아들의 자격을 박탈하는 유서를 만들 수도 있다.

콘스탄스 네, 어련하시겠어요? 유언장, 사악한 유언장,

여자가 쓴 유언장, 썩어빠진 할미의 유언장.

195 **필립 왕** 진정하시오, 부인. 그만 두든지 좀 차분해 지시오.

짐이 시끄러운 말싸움을

조장해서는 안 될 일이요.

나팔을 불어 앙지에의 사람들을

성벽으로 불러라. 그 사람들이

200   누구를 왕으로 인정하는지 들어보자. 아서인지 조지인지.

나팔 소리가 들린다.
시민들이 성벽 위에 등장한다.

시민 우리를 성벽으로 호출한 사람이 누구시요?

필립 왕 영국 왕을 대신한 프랑스 왕이다.

존 왕 영국 왕 자신이다.

앙지에의 시민들이여, 내 사랑하는 백성들이여.

필립 왕 사랑하는 앙지에 시민들이여, 아서의 백성들이여.

205   짐의 나팔이 그대들을 이 점잖은 회담에 불렀소.

존 왕   내게 기회가 왔으니 내 말을 먼저 들어라.

여러분의 도시 눈앞에 솟아있는 프랑스의 깃발은

당신들을 파괴시키기 위해서 진격해온 것이다.

대포는 그 창자에 분노를 가득 채우고   210

여러분의 성벽을 향하여 분노의 쇳덩이를 뱉어내려

포를 세워 준비하고 있다.

이 프랑스군들은 피비린내 나는 포위 작전과

무자비한 진군의 준비를 마치고

이 도시의 눈이라고 할 수 있는 닫힌 성문을 마주하고 있다.   215

아군이 진격하지 않았다면,

여러분의 도시를 허리띠처럼 감싸고 있는

저 잠자고 있는 성벽의 돌들은 힘으로 몰아붙이는 포격에 의해

지금쯤은 석회로 고정되어 있던 자리에서 와해되고   220

평화를 급습한 잔인한 군대에 의해서 크게 파괴되었을 것이다.

여러분의 합법적인 왕인 짐이 힘들여서,

신속히 진군하여

도시의 위태로운 측면을 손상당하지 않도록

여러분의 성문 앞에 물리칠 군대를 이끌고 도착하였으니   225

그 모습에, 보라, 프랑스 왕이 놀라서 회담을 하자고 한다.

이제 불로 휩싸인 포탄으로

여러분의 성벽을 열병처럼 벌벌 떨게 하는 대신에

조용한 헛소리를 쏘아대면서

여러분의 귀에 배신의 잘못을 심어주려 한다.   230

착한 시민들이여, 그 말은 적당히 믿어주고,

당신들의 국왕인 짐이 신속히 진군하느라 고생하여

몸도 마음도 지쳤으니

성 안으로 들어가 휴식을 취하고 싶소.

235 **필립 왕** 내가 말을 하고 난 다음에, 우리 두 사람에게 대답을 하여라.

보라, 내 오른 손을 잡고 있는 이 분을 보호하는 것을

이 분의 권한에 걸고 신성하게 맹세하였다.

어린 플랜태지넷의 왕자,

이 사람 [존 왕을 가리킨다.] 의 형님의 아들,

240 이 자와 이 자가 향유하고 있는 모든 것의 왕이 되신다.

짓밟힌 정의를 위하여

우리는 여러분의 도시 앞 초원까지

군사행군을 하여 도달하였다.

여러분에게 대한 적대감은 없으며

245 이 핍박받고 있는 소년을 구하고자 하는 호의어린 열정이

양심에 따라 발현시킨 것 그 이상의 것은 아니다.

여러분은 진정 바쳐야 할 의무를

이 어린 왕자, 받아 마땅한 분께 기꺼이 바치도록 하라.

그러면 우리 군대는 재갈 물린 곰과 같이

250 겉모습만 유지하고 모든 공격은 봉해버릴 것이다.

우리 대포는 쳐부술 수 없는

하늘의 구름에다 대고 공격을 할 것이며,

칼은 날이 상하지 않고, 투구는 흠이 없이

우리는 고향으로 복되고 평온하게 철군할 것이다.

여러분의 도시를 공격하며 뿌리려던 싱싱한 피는   255

고향으로 다시 가져가고

당신의 처자와 당신은 평화롭게 놔둘 것이다.

하지만 여러분이 우리의 제안을 어리석게도 무시한다면,

여러분을 둘러싸고 있는 낡은 성벽으로는

전략이 뛰어난 영국군이 거친 울타리 안에 진을 치고 있어도   260

전쟁의 사자인 우리 군으로부터 숨을 수 없을 것이다.

그러니 말해보라, 여러분의 도시는

이 분을 대신해서 도전장을 낸

짐에게 경의를 표하겠느냐?

아니면 짐이 아군의 군기를 촉발시켜   265

피바다를 건너 자기 소유의 것을 향해 나갈 것인가?

시민 간단히 말해, 우리는 영국 왕의 백성입니다.

그를 위해서, 그의 권한으로 우리는 이 도시를 지키고 있습니다.

존 왕 그렇다면 왕을 알아 모시고, 입성하게 하라.

시민 그건 안 됩니다. 왕임을 증명하시는 분,   270

그 분에게 충성을 바칠 것입니다. 그때까지

우리는 세상 누구에게라도 성문을 닫아걸고 있을 것입니다.

존 왕 영국의 왕관이 왕임을 증명하지 못하느냐?

그렇게 못하다면 증인을 내세워야겠다.

영국 출생의 용감한 삼만 명의 병사를.

서자 [방백] 서자와 그 외 사람들이 있지요.

존 왕 그들의 목숨을 걸고 우리 왕권을 증명하고자 한다.

필립 왕 숫자로나 혈통으로나 저들에 맞먹는 이들이 있다.

서자 [방백] 서자와 다른 사람들도 포함해서지.

존 왕 그들은 목숨을 걸고 내 권리를 확증해줄 것이다.

필립 왕 그들 못지않은 숫자와 출신의 사람들이. . .

서자 [방백] 서자들도 포함해서죠.

280 **필립 왕** 짐은 저자의 주장을 반박하기 위해서 면전에 서 있는 것이다.

시민 누구의 권한이 더 우위인지에 의견 일치가 될 때까지

저희는 가장 높으신 분을 위해 두 분 모두에게서 권한을 유보하

겠습니다.

존 왕 그렇다면 신께서

내 나라의 왕을 결정하는 끔찍한 전쟁을 치루며

285 저녁 이슬이 내리게 전에

영원한 거처를 향해 올라가는

모든 영혼들의 죄를 용서해 주시기를!

필립 왕 아멘, 아멘! 말에 올라라, 기사들이여. 전투다.

서자 용을 후려 패신 이후로 말 위에 올라탄 모습으로

290 여관의 간판 속에 계시는 조지 성인이여.[15]

우리에게 검술을 가르쳐 주소서. [오스트리아 대공에게] 이봐라, 내가

너희 동굴에서

네 암사자와 같이 있었더라면 황소 대가리 오쟁이 뿔을 네놈의

사자 가죽에 씌워서

---

15. 조지 성인과 용은 흔하게 볼 수 있는 여관 간판 그림이었다(NCS 86).

오쟁이 진 괴물로 만들어주었을 텐데.

오스트리아 대공 입 닥치고 그만 못해.

서자 덜덜 떠는구나, 사자의 으르렁 소리를 들었지!

존 왕 평원의 보다 높은 곳으로 올라가자.   295

거기서 전 부대가 최고의 전열을 갖출 것이다.

서자 유리한 지점을 차지하기 위해서 빨리 갑시다.

필립 왕 그렇다면 우리는 다른 언덕에

진을 치도록 하자. 신과 정의를 위하여!

영국 왕과 프랑스 왕은 따로 따로 퇴장한다. [시민들은 성벽 위에 남아있다.]
군대 행렬이 지나간 후, 프랑스의 전령이 나팔수들과 함께 성문 앞에 등장한다.

프랑스의 전령 앙지에의 시민들이여, 성문을 활짝 열고   300

나이 어린 브리튼의 아서 공을 받아들이시오.

이 분은 오늘 프랑스 왕의 도움으로

많은 영국의 어머니들을 울게 한 대단한 일을 이루었소.

그 아들들은 피가 흐르는 땅에 흩어져 누워 있소.

많은 과부의 남편들은 빛바랜 대지를 차갑게 껴안고   305

엎드려 누워 있소.

우리의 승리는 피해를 거의 입지 않고

춤추는 프랑스군의 깃발 위에서 뛰어놀고,

프랑스군은 정복자로서 입성하여

브리튼의 아서 공을 영국의 왕이자 여러분의 왕임을 선포하기 위해서 310

기세등등 행렬하며 가까이 와 있는 것이오.

영국의 전령이 나팔수와 함께 등장한다.

영국의 전령 기뻐하시오, 양지에의 시민들이여, 종을 울리시오.

여러분의 왕이자 영국의 왕이신 존 왕께서

이 격렬하고 적의가 가득 찬 날의 승리자가 되어 오고 계십니다.

315 여기서 행군할 때 은빛으로 빛나던 갑옷이

프랑스 병사의 피로 누렇게 되어 돌아왔습니다.

영국군의 투구의 깃털 하나도

프랑스군의 창은 떨어뜨리지 못했습니다.

영국군의 깃발은 여기서 처음 행군할 때

320 들고 있던 기수의 손에 들려서 귀환하였습니다.

우리 건장한 영국군들은

명랑한 사냥꾼 패거리 같이

적을 살육하며 흘린 피로 손을 붉게 물들인 채 돌아왔소.

성문을 열고 승자들을 맞이하시오.

325 **시민** 전령 여러분, 우리는 탑 위에서

처음부터 끝까지 양군의 진격에서 퇴각까지를

지켜보았습니다. 양군의 대등함은

아무리 잘 봐도 차이가 없었습니다.

피는 피로 되갚았고, 타격은 타격으로 응수했습니다.

330 힘은 힘과 맞섰고, 군대는 군대와 마주했습니다.

양군은 대등하니, 우리도 대등하게 편을 들겠습니다.

한 쪽이 더 강자임을 증명해야 합니다. 양쪽이 대등한 한

우리는 우리 도시를 누구도 아닌, 하지만 둘 다를 위해

지키겠습니다.

영국 왕과 엘리노어 대비, 블랜치, 서자, 귀족, 병사들이 한 쪽에서 등장한다.
다른 쪽으로는 프랑스 왕, 루이 왕세자, 오스트리아 대공과 병사들이 등장한다.

존 왕 프랑스 왕, 아직도 흘려버릴 피가 남아있는가?   335

우리 군세의 정당한 흐름이

당신의 방해로 분노하여 본래의 경로를 이탈하고

해변의 국경을 넘어

범람하게 되면 어찌 할 것인가?

당신이 우리의 은색 물길이 대양으로

평화스럽게 흘러가도록 하지 않는다면 그리 될 것이다.   340

필립 왕 영국 왕이여, 오늘의 맹렬한 전투에서 영국군이 흘린 피는

프랑스군보다 한 방울도 덜하지 않았다.

도리어 더 많이 흘렸다.

이쪽 하늘이 내려다보고 있는 땅을 통치하고 있는 내 손에 맹세코

정의롭게 든 이 무기를 내려놓기보다는   345

무기를 들고 싸웠던 당신을 쓰러뜨리고 말 것이다.

그렇지 않다면 짐이 전사자의 명단에 올라가

살육으로 희생된 자를 적은 두루마리에

왕의 이름이 결합되는 은혜를 베풀리라.

서자 그래요, 폐하! 고귀한 왕족의 피에 불을 질렀으니   350

그 영광이 얼마나 높이 치솟을까요!

이제 죽음은 턱에 강철로 테를 두르고

병사들의 칼을 자신의 이빨, 자신의 송곳니로 만들었구나.

그리고 이제, 죽음은

355 우열을 가릴 수 없는 왕들의 전투에서

희생된 자들의 살을 뜯어먹으며, 잔치를 벌인다.

왜 왕들은 저렇게 멍하니 서 있는 것이냐?

왕들이여, "살육하라"고 외치시오! 피로 얼룩진 전쟁터로 돌아가시오.

막상막하의 힘에다 기상은 불타고 있으니. 한 편이 패망하면

360 다른 편은 평화를 얻게 되지. 그때까지는, 격파하고, 피 흘리고,

죽는 거다!

존 왕 여기 시민들은 어느 쪽을 지지하는가?

필립 왕 시민들은 영국을 위해 말하시오, 누가 그대들의 왕이요?

시민 왕이 누군지 알려지면, 그 분이 영국 왕입니다.

필립 왕 영국 왕은 그 권리를 주장하고 있는 짐 안에서 찾으시오.

365 **존 왕** 내가 왕이다. 나 스스로를 대표하여

왕으로서의 나의 권한과 업무를 관장하고 있다.

내 백성들과 앙지에 시 그리고 여러분의 왕이 바로 나다.

시민 우리를 지배하는 더 큰 힘이 이것을 부인하게 합니다.[16]

의심의 여지가 없을 때까지, 우리는 굳게 닫힌 성문 안에

우리의 망설임을 가둬 둘 것입니다.

370 어떤 확실한 왕이 나타나 공포를 정화시키고, 물리칠 때까지

---

16. 학자마다 의견이 엇갈린다. 어떤 학자는 그 힘이 시민들을 억누르는 공포를 칭한다
고 해석하고, 어떤 학자는 하늘의 신을 말한다고 해석한다(NCS 90)(Arden 41).

우리는 공포의 지배하에 있습니다.

서자 저런, 양지에의 비열한 놈들이 두 분 왕을 조롱하고 있습니다.

성벽 위에 편안하게 서서

마치 극장에 있는 것처럼

열띤 전쟁 장면과 죽어가는 모습을 바라보고, 손가락질 하고 있습니다. 375

두 분 폐하께서는 제 말을 들으십시오.

예루살렘에서 폭동을 일으켰던 때처럼

화합을 하셔서 두 나라가 연합하여

이 도시에다 날카로운 공격을 퍼붓는 겁니다.[17] 380

동쪽과 서쪽을 프랑스군과 영국군이

포탄을 목까지 꽉 채운 채 대포를 쏘아대게 하소서.

혼을 떨게 하는 굉음을 내며

이 경멸스러운 도시의 단단한 갈비뼈를 부숴 버릴 때까지.

저라면 저 비루먹은 말 같은 자들을 쉬지 않고 공격하여, 385

성벽도 없이 황폐해져

공기마냥 헐벗게 만들 겁니다.

그리고 나면, 합쳤던 군대를 분리시키고

뒤섞인 깃발을 다시 풀고

얼굴과 얼굴을 맞대고, 피 묻은 창끝과 창끝을 겨누는 거죠. 390

그러면 순식간에 행운의 신이

한 쪽을 자신의 행운아로 선택하여

---

17. 기원 후 70년 예루살렘이 로마의 공격을 받았을 때 성안에 있던 적대적인 종파들
    이 로마에 대항하게 위하여 연합했던 것을 언급하고 있다(NCS 90).

총애하며 승리의 날을 선물하고

영광스러운 승리의 입맞춤을 날려줄 겁니다.

395 막강한 군주시여, 거칠기는 하지만 제 조언이 어떠신가요,

괜찮은 방책이라고 생각지 않으십니까?

존 왕 내 머리 위에 있는 하늘에 맹세코

마음에 드는 구나. 프랑스 왕이여, 우리 군대를 연합시켜

앙지에 시민들을 땅에다 납작하게 만들어 놓은 후,

400 누가 왕이 될지 싸워보겠소?

서자 필립 왕께서도 왕의 기개를 가지셨다면

이 못 되어먹은 도시에 의해서 모욕을 당했으니

귀하도 포구를 영국군처럼

저 건방진 성벽 쪽으로 돌리시지요.

405 도시를 완전히 밀어버리고 난 후

서로 서로 싸워 보는 거죠, 백병전으로.

천당이 되건 지옥이 되건 우리끼리 붙어보는 겁니다.

필립 왕 그렇게 합시다. 그럼 당신은 어느 쪽에서 공격을 하겠소?

410 **존 왕** 우리는 서쪽에서부터 도시의 심장부를 파괴해 들어가겠소.

오스트리아 대공 우리는 북쪽에서 하겠습니다.

필립 왕 우리는 남쪽에서 천둥처럼 이 도시에 총알을 쏟아 부을 것이오.

서자 [방백] 현명한 작전이군, 북쪽에서 남쪽으로

오스트리아 대공과 프랑스 왕이 서로의 아가리에다가 총을 겨눈다.

415 그렇게 하도록 부추겨야다. [큰 소리로] 자, 갑시다, 가요.

시민 제 말을 들어주십시오, 위대한 왕이여. 잠시 기다려주신다면

제가 평화와 아름다운 동맹의 길을 보여드리겠습니다.

이 도시를 공격하거나 손상을 주지 않고 얻으시고

숨 쉬는 생명들이 여기 전쟁터에서 희생되지 않고

침대에서 죽을 수 있게 구하소서.   420

막강한 두 군주시여, 고집을 버리시고, 제 말을 들어주십시오,

존 왕 윤허하니 말하라. 들어보자.

시민 저기 계신 스페인 왕의 딸인 블랜치 공주는

영국 왕의 조카 되십니다.

루이 왕세자와 저 아름다운 공주의 나이를 따져보십시오.   425

원기 왕성한 사랑이 아름다움을 찾는다면

블랜치 공주보다 더 아름다운 이를 어디서 찾겠습니까?

열렬한 사랑이 미덕을 찾는다면

블랜치 공주보다 더 순수한 이를 어디서 찾겠습니까?

야심찬 사랑이 신분이 맞는 분을 찾는다면   430

블랜치 공주보다 더 귀한 혈통을 가진 분이 어디 있겠습니까?

공주께서는 미모나, 미덕이나 혈통을 갖춘 분이시고

젊은 왕세자께서도 모든 면에서 완벽하십니다.

완벽하지 않은 점은, 왕자께서 공주가 아니시라는 겁니다.

공주께서도 부족한 점이 없지만, 있다면   435

공주께서 왕자가 아니시라는 겁니다.

왕자께서는 축복받은 인간의 반쪽에 불과하며,

공주께서 완전체로 만드실 수 있습니다.

공주의 아름다운 탁월함은 반으로 쪼개져 있고

440 완전해지는 것은 왕자에게 달려있습니다.[18]

두 개의 은물결이 합쳐진다면

물결을 가둔 두 강둑에 영광을 더할 것이고

하나로 합쳐진 두 물줄기에 대해 두 개의 해변이 있듯이

445 두 개의 기슭은 두 분 폐하가 되시는 겁니다.

두 분의 결합은 굳게 닫힌 문에 대해

대포보다 더 큰 활약을 할 것입니다.

포탄이 강요로 하는 것보다 더 빠르고 활기 있게

우리는 통로의 문을 활짝 열고

450 두 분을 맞이할 겁니다. 결혼이 성사되지 않는다면

성난 바다보다 더 귀를 막고,

사자보다 더 자신만만하게, 산과 돌보다도

더 흔들림 없이, 아니 죽음의 신보다도

치명적 분노에 있어서 더욱 단호하게

우리는 이 도시를 지킬 겁니다.

455 **서자** 늙어빠진 죽음의 썩은 시신을 흔들어서

누더기 옷을 벗겨내듯이 방해를 하는구나.

아가리도 크다.

죽음과 산, 돌, 바다를 그냥 뱉어내는구나.

포효하는 사자 얘기를

460 13살짜리 소녀애가 강아지 얘기하듯 하는군!

---

18. 남녀는 완전체가 아니며, 결합을 해야만 완전해진다는 것은 플라톤의 『향연』에 나
오는 신화에서 발견된다(NCS 92).

어떤 포병이 이렇게 씩씩한 젊은이를 낳았나?

저 인간의 말은 대포 불 그대로구나, 연기를 내고, 굉음을 울린다.

혓바닥으로 후려치고 귀를 곤봉으로 후려갈기는군.

프랑스 왕의 주먹보다

저 인간의 말 한 마디가 더 막강하구나.   465

빌어먹을! 내 동생의 아비를 아버지라고 부른 이후로

말로 이렇게 두드려 맞아본 적은 처음이다.

    필립 왕과 루이 왕세자가 한 쪽으로 물러나서 속삭인다.

엘리노어 대비 주상, 연합하자는 제안을 잘 듣고, 결혼을 성사시킵시다.

조카딸에게 지참금을 많이 주어 보냅시다.

왜냐면 이 결합으로 그대의 불확실한 왕권에 대한 보장을 확실하게   470

얻을 수 있을 것이요.

저 새파란 어린애는 꽃이 만개하여, 열매를 맺게 할

햇빛을 받지 못할 것이요.

프랑스 왕의 표정을 보니 찬성할 모양이군요.

귓속말하는 것 좀 보세요. 저들이 이런 야심을 갖고 있는 동안에   475

서두르세요. 그렇지 않으면 양지에 시민의 부드러운 청원과 그를

향한 연민, 동정으로

지금은 녹아버린 아서를 향한 열정이

예전처럼 식어 단단해질 수도 있으니.[19]

---

19. 뉴 캠브리지 셰익스피어 편집자는 폴리오 판의 구두점 때문에 이 부분의 의미가
모호함을 지적한다. 즉 양지에 시민들의 청원으로 아서를 돕겠다는 마음이 약해질

480 **시민** 왜 두 분 폐하께서는 위협받고 있는 이 도시가

우호적인 제안을 내놓은 것에 대해서 답을 하지 않으십니까?

필립 왕 영국 왕부터 말씀하시오.

이 도시에 대한 입장을 먼저 피력했으니. 어쩌실 것이요?

존 왕 저기 계시는 왕세자, 그대의 영식이

485 이 아름다운 책에서 "사랑합니다"라는 글을 읽을 수 있다면,[20]

공주의 지참금은 왕비의 지참금과 맞먹을 것이요.

앙지에, 아름다운 뚜렌느, 멘느, 쁘아티에

바다 이편에서 우리의 왕관과 권위에

복종하는 모든 지역은

490 (우리가 지금 포위하고 있는 이 도시를 제외하고)

공주의 신부 침대에 금박을 입히게 될 것이고,

그녀가 아름다움, 교육, 혈통에 있어서

세계 어느 공주에 못지않듯이,

칭호, 명예, 그리고 지위에 있어서도 풍요롭게 해 드릴 것이요.

495 **필립 왕** 네 생각은 어떠하냐, 왕자? 공주의 얼굴을 바라보아라.

루이 왕세자 보고 있습니다. 폐하. 공주의 눈 속에서

놀라움, 아니 놀라운 기적을 봅니다.

공주의 눈 안에 제 그림자가 그려져 있습니다.

아버님 아들의 그림자에 불과하지만

수도 있고, 콘스탄스의 청원으로 왕세자의 결혼에 대한 마음이 희미해질 수도 있

다고 해석할 수도 있다(173). 본 번역에서는 전자를 선택하였다.

20. 아름다운 책은 블랜치 공주를 지칭한다.

태양이 되어 아들인 저를 그림자로 만들어버립니다.　　　　500

저는 단언합니다. 지금 공주의 눈에 있는 그림판에

저 자신이 더욱 멋진 모습으로 새겨진 것을 보기까지는

소자, 제 자신을 결코 사랑해본 적이 없었습니다.

　　　　　　　　　블랜치와 속삭인다.

서자　[방백] 공주의 눈에 있는 그림판에 더 멋진 모습으로 잡아당겨지고!

　　　그녀의 이마의 찡그린 주름에 목매달고!　　　　505

　　　그녀의 가슴 속에 갇혔다는 거지! 저자는 자신이 사랑의 배신자임을

　　　간파한 거지. 그것 참 안됐구나!

　　　사랑 때문에 목매달고, 내장을 꺼내고, 능지처참을 당하는 자가

　　　저자 같은 비열한 촌놈이라니.

블랜치　[프랑스 왕자에게] 이 일에 있어서는 숙부님의 뜻이 제 뜻입니다.　　510

　　　숙부께서 당신 안에서 호감을 가질만한 점을 발견하셨다면

　　　좋아하게 된 것이 어떤 것이든지

　　　쉽게 제 마음에 옮겨올 수 있습니다.

　　　보다 정확하게 말하는 걸 원하신다면

　　　저는 사랑할 수 있습니다.　　　　515

　　　왕자님, 제가 당신의 모든 것이 사랑할 가치가 있으니

　　　더 이상 입에 발린 말을 하지 않겠습니다.

　　　이 말을 하겠습니다. 옹졸한 마음으로 판단을 한다하더라도

　　　당신의 어떤 것도

　　　미워할 만한 것이 없습니다.　　　　520

존 왕 젊은이들 어떻게 생각하고 있지? 네 생각은 어떠니, 조카야.

블랜치 현명하신 폐하의 분부는

명예로 알고 이행할 것입니다.

존 왕 왕세자는 말해보오. 공주를 사랑할 수 있는가?

525 **루이 왕세자** 그리 묻지 마시고, 사랑을 하지 않을 수 있느냐고 물어보십

시오.

저는 공주를 진심으로 사랑하고 있으니까요.

존 왕 그렇다면 나는 조카딸과 더불어

볼케쎈, 뚜렌느, 멘느, 뿌아띠에, 앙주 등

5개의 주를 왕세자에게 보내겠소.

530 그뿐 아니라 영국 화폐로 3만 마르크를 꼭 채워서 보내리라.

프랑스의 필립 왕, 이것으로 만족하다면,

당신의 아들과 며느리에게 손을 잡으라고 명하시오.

필립 왕 매우 만족하오. 젊은이들이여, 손을 맞잡아라.

오스트리아 대공 입도 맞추시지요. 저도 처음

535 정혼했을 때 확실히 그렇게 했으니까요.

왕자와 공주, 손을 맞잡고 입을 맞춘다.

필립 왕 양지에의 시민들이여, 성문을 여시오.

그대들이 화합을 성사시켰으니 우리를 입성하게 주시오.

즉시 성 메리 성당에서

결혼예식이 엄숙하게 거행될 것이오.

540 콘스탄스 부인은 부대 안에 안 계시는가?

없겠지, 있었다면 이 결혼이 성사되는 데 큰 방해가 되었을 거다.

부인과 그 아들은 어디에 계시는가?

아는 사람은 말해보라.

루이 왕세자 폐하의 막사에서 슬픔과 비탄에 잠겨 있습니다.

필립 왕 우리가 이룬 동맹이   545

그녀의 슬픔을 치료해주지는 못할 것이다.

형제가 된 영국 왕이여, 어떻게

이 미망인을 달랠 수 있겠소? 그녀의 권리를 지키기 위해서 출정했건만

짐에게 유리하도록 일의 향방이 바뀌었으니.

존 왕 잘 달랠 수 있소.   550

어린 아서를 브리튼의 공작 겸

리치몬드 백작으로 봉하고, 이 풍요롭게 아름다운 도시의

영주로 만들어주겠소. 콘스탄스 부인을 부르거라.

발 빠른 사자를 보내

결혼예식에 오시도록 하라. 부인이 뜻한 바를

다 충족시키지는 못하지만   555

어느 정도는 만족시켜서

떠들썩한 비판의 외침은 막을 수 있을 것이요.

예상도 못했고, 준비도 안 된

예식에 참석해야 하니

어서 서둘러 갑시다.   560

서자를 제외하고 모두 퇴장한다.

서자   미친 세상이로구나. 왕들도 미쳤고, 협정이란 것도 미쳤구나.

존 왕은 나라 전체에 대한 아서의 권리를 막기 위해

기꺼이 일부분을 내어주었다.

프랑스 왕은 양심으로 갑옷을 조이고

565   자신이 하나님이 보낸 병사인 듯 열정과 자비심을 내세우며

전쟁터로 와서는 귀에 속삭이는 말을 듣게 된다.

속마음을 바꾸게 하는 간사한 악마,

신뢰의 머리통을 박살내는 거간꾼,

상습적으로 맹세를 깨뜨리는 놈의 말이지.

570   그 놈은 왕이고, 거지고, 노인네고, 젊은이고 처녀건 간에,

잃어버릴 것이라고는 '처녀'라는 이름뿐인

불쌍한 여자까지 등을 치지.

얼굴이 번지르르한 신사에다, 사람을 홀리는 잇속만 챙기는 놈.

잇속이라는 것은, 세상을 삐딱하게 만드는 추인 것이고,

575   세상이란 것은 스스로 균형이 잡혀있고,

평평한 땅 위로 평평하게 가게 되어있는데,

이익 챙기는 놈, 타락시키는 추,

가던 길을 흔드는 놈, 이 잇속이라는 놈이

모든 방향, 목적, 가는 길, 의도에 있어서

580   공명정대함으로부터 벗어나게 한다니까.

이와 같은 삐딱한 추, 이 잇속이라는 놈,

이 포주, 거간꾼, 이 모든 것을 바꾸는 말재간이

변덕스러운 프랑스 왕의 세상 보는 눈앞에 등장해서

도움을 주겠다는 의지를 앗아가고

단호하게 임한 명예로운 전쟁으로부터 585

가장 저질이고 타락으로 귀결된 화해로 이끌어 갔구나.

그런데 내가 왜 이 잇속을 욕하는 거지?

아직 나한테 구애를 하지 않았거든.

저 놈의 아름다운 천사로 불리는 금화가 내 손바닥에 인사할 때, 590

손으로 움켜질 힘이 내게 없는 것은 아니지.

하지만 내 손은 그런 유혹을 당한 적이 없으니

부자에게 가난한 거지가 욕을 퍼붓는 꼴이지.

자, 내가 거지로 있는 한 나는 욕을 퍼부을 테다.

그리고 부자인 것이야말로 죄악이라고 말해주리라. 595

그런데 부자가 되면 구걸하는 것보다 더 악한 것은 없다고 말하

는 게 미덕이 되겠지.

왕들이 잇속을 챙기려 신뢰를 깨뜨리는 판국이니,

부를 내 주인으로 모시겠다. 왜냐면, 나는 그대를 숭배하니까.

2장[21]

콘스탄스, 아서와 설즈베리 백작, 등장한다.

콘스탄스 결혼하러 갔다고? 화친을 맹세하러 갔다고?

부정한 피와 부정한 피가 결합된다. 친구가 되기 위해 갔다고?

루이 왕세자가 블랜치를 차지하고, 블랜치가 그 여러 주들을 차지

한다고?

그럴 리가 없다. 잘못 말한 거요, 잘못 들었거나.

잘 생각해서, 다시 한 번 말해보라.

그럴 수가 없지, 네가 그렇다고 말하는 것뿐이지.

나는 너를 신뢰할 수 없다. 네 말은

한 평민의 허튼 소리일 뿐이지.[22]

난 정말로 네 말을 신뢰할 수 없다.

국왕께서 네 말과 정반대되는 서약을 하셨거든.

너는 나를 겁먹게 했으니 벌을 받을 것이다.

나는 병들고 무서움을 잘 타요.

---

21. 폴리오 판에 의하면 2장 시작부터 74행까지는 2막 후반부에 속한다. 아든 판의 경우는 2막 2장으로, 뉴 캠프리지 셰익스피어 판의 경우는 3막 1장으로 분류하였다. 여기서는 2막 2장으로 분류하기로 한다.

22. 당황하고 분노에 찬 콘스탄스는 설즈베리를 평민이라 부르고 존중의 대명사인 "you" 대신에 "thou"라고 부르고 있다. 긴 대사의 앞부분에서는 이해를 돕기 위해 "thou"를 "당신" 대신 "너"로 번역하였다.

박해만 받아왔으니 두려움이 가득할 밖에.

과부로 남편도 없으니 두려움에 꼼짝 못한다고요.

여자는 타고나기를 겁이 많아요.   15

당신이 농담이었다고 지금 고백할지라도

불안해진 내 마음은 진정이 안 돼요.

나는 온 종일 벌벌 떨며 겁에 질려 있었소.

머리를 흔드는 것은 무슨 뜻이요?

왜 내 아들을 그렇게 슬픈 눈으로 바라보는 거요?   20

당신 가슴에 손을 얹는 것은 무슨 뜻이요?

도도한 강물이 강둑을 넘어서듯이

왜 당신 눈에는 처량한 눈물이 고여 있는 것이요?

이런 슬픈 징표들은 당신의 말이 맞다는 것을 증명하는 것이요?

그럼 다시 말해 보시오. 아까 한 말 전부 다 말고   25

한 마디만 하시오. 당신 말이 진실인지 아닌지.

설즈베리   저 왕들이 거짓이라고 믿으시는 만큼 진실입니다.

그들이 부인께 제 말이 진실이냐고 묻게 합니다.

콘스탄스   아, 당신이 내게 이 슬픔을 믿으라고 가르치려거든   30

이 슬픔이 나를 죽게 하는 법이나 가르치시오.

신뢰하는 마음과 인생이 맞부딪치게 해주세요.

절망과 분노에 빠진 두 남자가

만나자마자 쓰러져 죽게 되듯이.

루이 왕세자가 블랜치와 결혼을 한다고! 아들아, 너는 어떻게 되 35

는 거니?

이봐, 꺼져버려. 당신의 모습을 참을 수가 없군.

이런 소식을 가져온 당신은 추하기 그지없군.

설즈베리   마마, 다른 이들이 해를 끼친 것을 말씀드렸을 뿐,

제가 다른 무슨 잘못을 저질렀습니까?

40 **콘스탄스**   그 끼친 해악이 너무 끔찍해서

말을 전해주는 사람조차도 끔찍하게 만드는 것이오.

아서   제발, 어머니, 진정하세요.

콘스탄스   나더러 진정하라는 네가 냉혹하고

흉측하고, 어미의 자궁을 수치스럽게 만들고

45   불쾌한 얼룩에 꼴불견의 흉터가 가득하고

절름발이에, 백치, 꼽추에, 검둥이, 불길한 괴물 같고

역겨운 사마귀에, 꼴 보기 싫은 흉터가 덕지덕지하다면,

난 상관도 안하고, 진정할 수 있을 거다.

그러면 나는 너를 사랑하지 않을 테니까. 아니, 네가

50   고귀한 신분도 아니고 왕관을 차지할 자격도 없을 테니까.

하지만 넌 아름답다. 귀한 내 아들, 네가 태어날 때,

자연과 운명의 신이 연합하여 너를 위대하게 만들어 주었단다.

자연이 내게 준 축복은 백합꽃과

갓 피어나는 장미꽃과 함께 자랑거리이다. 하지만, 운명의 여신

이여, 아,

55   그녀는 타락하고, 변심하여 너를 버렸다.

그녀는 매 시간마다 네 숙부인 존과 통간을 하고 있다.

그리고 황금의 손으로 프랑스 왕을 유혹해

왕권을 존중하는 정당한 마음을 짓밟게 하고

왕을 자신들의 포주로 만들어 버렸다.

프랑스 왕은 운명의 여신과 존 왕,   60

즉 창녀 같은 운명의 여신과 찬탈자 존을 엮어준 뚜쟁이인 것이다.

당신 말해보시오, 프랑스 왕이 맹세를 깬 것 아니요?

왕에게 독설이나 퍼 부으시오. 아니면 꺼져버려.

나 혼자 참고 견뎌야 하니

슬픔은 여기 놔두고.

설즈베리 죄송합니다만 부인,   65

부인을 모시지 않고는 두 분 폐하를 뵈러 갈 수가 없습니다.

콘스탄스 갈 수 있고, 가야 하오. 나는 안 갈 것이요.

나는 내 슬픔에게 도도해 지라고 가르칠 거요.

왜냐면 슬픔은 슬퍼하는 자를 고개 숙이도록 만드는 도도한 존재니까.

나와 내 거대한 슬픔의 옥좌로 왕들이 오게 하라. 내 슬픔이 너무 70

도 커서

거대하고 단단한 지구밖에는

지탱할 수가 없으니. 여기에 나와 슬픔이 앉아 있을 거요.

여기가 내 옥좌니 왕들로 하여금 와서 경배하도록 하라.

콘스탄스, 자신의 몸을 땅에 던지다. 설즈베리, 퇴장한다.

3막

1장

프랑스 왕의 막사

콘스탄스와 아서는 앉아있고, 존 왕, 필립 왕, 루이 왕세자, 블랜치,
엘리노어 대비와 서자, 오스트리아 대공, 설즈베리와 수행원들이 등장한다.

필립 왕 [블랜치에게] 그렇다, 아리따운 우리 며느리.

이 축복의 날을 프랑스에서는 앞으로 축일로 지킬 것이다.

이 날을 축하하기 위해서 영광스러운 태양이

궤도에서 멈추어 연금술사 역할을 하며

5 　 자신의 귀중한 눈빛으로

메마르고 흙덩어리가 많은 대지를 빛나는 금으로 변화시키는구나.

이 날이 오는 매해마다 이 날을

성스러운 날로 부르리라.

콘스탄스 추악한 날이요, 성스러운 날이 아니고! [일어선다.]

이 날이 무슨 자격이

10 　 있나요? 어떤 일을 했다는 거죠?

축일 중의 하나라고 달력에

황금 글자로 새겨야 하나요?

아니요, 차라리 수치의 날, 압제의 날, 허위의 날인

이 날을 그 주에서 빼버리세요.

그래도 놔둬야 한다면, 임신부들은 ¹⁵

이 날 출산하지 않게 해달라고 기도를 하게 해요.

희망을 건 아기가 괴물 모양으로 잘못되어 나올 수도 있으니.

이 날만은 어부들이 난파를 두려워해야 하고,

이 날 맺은 계약은 깨지게 될 것이오.

오늘 시작된 모든 일들은 불행한 결말을 맺을 것이고, ²⁰

그래요, 믿음 그 자체도 텅 빈 거짓으로 변하게 될 것이오.

필립 왕 부인, 하늘에 맹세코, 부인은 오늘의 정당한 절차를

저주해야 할 이유는 없을 것이오.

내가 부인에게 내 왕권을 걸고 맹세하지 않았소?

콘스탄스 폐하는 왕을 흉내 내어 그린 가짜 돈을 가지고 ²⁵

저를 속였습니다. 시금석으로 검사해보니

그것은 아무 가치도 없다는 게 드러났습니다. 폐하는 서약을, 서

약을 깨뜨렸습니다!

폐하는 내 적들의 피를 흘리겠다고 무기를 들고 와서는

이제는 팔로 안고 자신의 피로 강건하게 만들어주고 있습니다.

맞붙어 싸우는 용기와 거친 전쟁의 찌푸린 얼굴이

차가운 화해와 가장된 평화가 되어

우리를 짓밟고서 이 동맹을 성사시킨 것이오. ³⁰

하늘이시여, 맹세를 저버린 왕들을 대적하여

무기, 무기를 들게 하소서.

과부가 울고 있습니다.

하늘이시여, 부디 제 남편 역할을 해주십시오!

35 신을 부정하는 오늘의 시간들이

평화로운 날로 끝내게 하지 마시고, 해 지기 전에

서약을 저버린 두 왕들 사이에 전쟁이 일어나게 하소서!

제 말을 들어 주소서, 아, 들으소서.

오스트리아 대공 콘스탄스 부인, 평화입니다.

콘스탄스 전쟁! 전쟁이야! 평화가 아니라고! 평화가 내게는 전쟁이다.

40 아, 리모즈! 아, 오스트리아 대공! 당신은[23]

이 피 묻은 약탈품을 모욕하고 있소.[24] 당신은 노예요, 철면피요,

비겁자요!

용기는 눈곱만큼도 없으면서, 악행은 막대한 놈!

강자들에게 붙어서 언제나 센척하는 놈!

변덕스러운 운명의 여신이 곁에서 안전하다고 일러주지 않으면

45 싸울 생각도 하지 않는 전사!

당신도 맹세를 깨버리고

권력가진 자에게 알랑거리고 있는 거야. 당신은 바보,

사자처럼 날뛰는 바보, 내 편을 들어준다고 허풍떨고, 발을 구르고

맹세까지 해놓고서! 냉혈한 놈아!

50 내 곁에서 나의 병사가 되겠다고 맹세하며

천둥처럼 소리치지 않았더냐?

자기 별과 자기 운명과 자기의 힘에 의지하라더니

---

23. 작가는 리처드 1세의 적이었던 리모즈 자작의 이름을 오스트리아 대공에게 주어
   두 인물을 하나로 합치고 있다(Arden xxi).
24. 오스트리아 대공이 사자 왕 리처드에게서 벗겨온 사자 가죽을 말한다.

이제 내 적들 편이 되어 배반을 하는 거냐?

너는 사자 가죽을 입고 있구나! 벗어라. 창피한 줄 알고.

그 비겁한 팔다리에는 광대가 입는 송아지 가죽 옷이 제격이다. 55

오스트리아 대공 저렇게 함부로 말하는 자가 남자였더라면!

서자 그 비겁한 팔다리에는 광대가 입는 송아지 가죽 옷이 제격이다.

오스트리아 대공 함부로 말하지 마라, 나쁜 놈, 목숨이 아깝거든.

서자 그 비겁한 팔다리에는 광대가 입는 송아지 가죽 옷이 제격이다.

존 왕 됐다, 자신의 처지를 잊지 말라. 60

팬덜프 추기경, 등장한다.

필립 왕 교황의 신성한 사자가 오시는군.

팬덜프 안녕하십니까, 성유를 바른 하늘의 대리인들이여!

그대, 존 왕에게 교황의 심부름이 있어서 왔소.

나, 팬덜프는 아름다운 밀라노의 추기경으로,

교황 인노센트 3세의 특사로 여기 온 것이오. 65

교황의 이름으로 종교적 계율에 따라 묻겠소이다.

어찌 하여, 교회와 성모 마리아를

고의로 거역하고

캔터베리 대주교로 선택된 스티븐 랭턴을 강제로

성직에서 물러나게 하시었소? 70

이미 말씀드린 교황 성하의 이름을 걸고

그대에게 묻는 것이오.

존 왕 지상의 어떤 존재가 신성한 왕의 말씀을 듣겠다고 심문을 할 수 있겠는가?

75 　추기경, 당신은 교황이라는 하찮고,

무가치하고, 우스꽝스러운 이름을 가지고

내게 대답을 강요할 수는 없다.

교황에게 전하라. 영국 왕의 말이라며

다음 말도 전하라. 어떤 이탈리아의 신부도

80 　짐의 영토에서 십일조나 세금을 징수하지 못할 것이다.

하나님 아래, 짐이 최고의 통치자이며,

짐이 통치하는 지역에서는 하나님 아래 최고의 주권자이다.

다른 인간의 도움이 없이 짐은 홀로 지켜낸다.

그러니 교황에게 가서 전하라.

85 　교황과 그가 찬탈한 권위에 대해서

어떤 공경도 거부한다고.

프랑스 왕　영국의 형제 왕. 그대의 말은 신성모독이오.

존 왕　비록 당신을 비롯해 기독교 국가의 모든 왕들이

간섭꾼 교황에게 어리석게 끌려 다니고 있소.

90 　돈이면 살 수 있는 저주가 무서워

먼지, 찌꺼기 같은 사악한 황금 덕으로

부패한 면죄부를 사들이오.

그 인간은 면죄부를 스스로 내다팔게 되오.

비록 당신을 비롯해 다른 왕들이 무지몽매하게도

95 　소중한 돈을 갖다 바치며 사기꾼 마술사에 이끌리고 있으나

짐은 혼자서, 나 혼자만은

교황에 맞서 싸울 것이오. 교황에게 우호적인 자는 나의 적이오.

팬덜프 그렇다면 내가 갖고 있는 정당한 권한으로

당신을 저주하고, 파면하겠소.

이단자에 대한 충성을 거부하는 자는   100

축복 있을 것이오.

어떤 은밀한 수단을 쓰던지

당신의 혐오스러운 목숨을 끊는 자는 그 손이 훌륭하다 일컬음을 받고

성인의 반열에 올라 추앙 받을 것이오.

콘스탄스 나 또한 합법적으로 로마 교황과 같이   105

저주를 할 수 있도록 법적으로 허용해 주시오.

선하신 추기경님, 제 애끓는 저주에

아멘이라고 외쳐주십시오. 저 같이 피해를 당하지 않고서는

어떤 혓바닥도 저자를 제대로 저주할 힘이 없을 겁니다.

팬덜프 내 저주는 법과 권한에 의해서 행한 것이오.   110

콘스탄스 저도 마찬가지입니다. 법이 정당하지 못하면

법이 악을 막지 않는 것을 합법적이라고 해야겠지요!

법이 내 아들한테 자신의 왕국을 주지 않습니다.

그의 왕국을 차지하고 있는 자가 법도 지배하고 있거든요.

그러니, 법이 완전히 잘못되었는데   115

법이 제 입이 저주하는 것을 막을 수 있겠습니까?

팬덜프 프랑스의 필립 왕이여, 저주를 두려워한다면

저 이단의 원흉과 손을 끊으세요.

그가 로마 교황께 복종하지 않는 한

120　　　　프랑스군을 일으켜 그를 덮치세요.

엘리노어 대비　얼굴이 창백해지는 군요, 프랑스 왕. 손을 끊으시면 안 되오.

콘스탄스　[존 왕에게] 조심해라, 악마. 프랑스 왕이 회개하지 않도록.

　　　　그가 손을 놓게 되면, 지옥에는 영혼 하나가 줄게 된다.

오스트리아 대공　필립 왕 폐하, 추기경의 말씀을 들으시지요.

125　**서자**　그 비겁한 팔다리에는 광대가 입는 송아지 가죽 옷이 제격이다.

오스트리아 대공　이 악당아, 이 모욕은 주머니 속에 넣어두겠다, 왜냐면 . . .

서자　네 바지에 넣고 다니면 아주 좋을 것이다.

존 왕　필립 왕, 추기경의 말에 뭐라고 응답하시겠소?

콘스탄스　추기경이 말한 대로지, 뭐라고 대답 하실까요?

130　**루이 왕세자**　부왕 폐하, 잘 생각해보십시오, 로마 교황의 저주라는 엄청

　　　　난 대가와

　　　　영국이라는 우방을 잃는 가벼운 손실의 차이입니다.

　　　　가벼운 것을 버리셔야 합니다.

블랜치　그것은 교황의 저주입니다.

콘스탄스　아 루이 왕세자, 흔들리시면 안 됩니다! 악마가 순결한 새 신

　　　　부로 가장하고

135　　　　폐하를 유혹하는 겁니다.

블랜치　콘스탄스 부인은 그렇게 믿어서가 아니라

　　　　절실한 필요에 의해서 말하는 겁니다.

콘스탄스　내 필요, 신뢰가 죽었기 때문에 생긴

　　　　내 고난을 인정해준다면, 그 고난은 이런 원칙을 추론케 할 것이오.

140　　　　신뢰는 고난이 사라짐으로써 다시 살아난다는 것이오.

내 고난을 짓밟으면, 내 신뢰는 상승할 것이요.

내 고난을 키우면, 신뢰가 짓밟히는 것이요!²⁵

존 왕 필립 왕이 동요하고 있다. 대답을 못 하는군.

콘스탄스 아, 저자와는 결별하고 제대로 대답을 하십시오.

오스트리아 대공 그러십시오, 필립 왕. 망설이지 마시고요.　　　　145

서자 송아지 가죽이나 매달고 있어라, 이 귀여운 촌놈아.

필립 왕 당혹스러워 뭐라고 말해야 할지 모르겠구나.

팬덜프 파문을 당하고 저주를 받는다면

더욱 당혹스럽단 말 말고 무슨 말을 하겠소?

필립 왕 추기경, 제 입장이 되어서　　　　　　　　　　　　150

당신이라면 어떻게 처신할지 말씀해보시오.

이 왕의 손과 내 손은 최근에 맞잡았고

우리의 내적인 영혼도 연합되어

신성한 맹세의 모든 종교적인 절차를 거쳐

결혼으로 하나 되고, 짝을 이루고 연을 맺었소.　　　　155

가장 최근에 나눈 말은

우리 두 왕국과 두 왕 사이의 깊이 맹세한 신의,

평화, 우애와 진정한 사랑이었소.

휴전을 하기 전에, 바로 직전에

평화 협상을 마무리하는 악수를 위해 우리가 손을 씻는 것보다　160

더 짧은 시간 전에

---

25. "필요, 고난"은 콘스탄스 부인이 처한 힘든 상황을 말하는 것이고 "신뢰"는 프랑스 왕이 저버린 콘스탄스 부인과의 신뢰 관계를 의미한다.

우리 둘의 손은 학살이란 붓으로 인해 피로 더럽혀지고 얼룩져
있었는데,

그것은 두 왕의 무시무시한 불화를

복수란 존재가 그려놓은 것이었소.

165 방금 전에야 핏물을 씻고,

새로 사랑으로 결합하여, 강한 유대감을 갖고 있는데,

맞잡은 두 손을 풀고 주고받은 인사를 물려야하겠소?

신뢰를 가지고 조였다 풀었다 놀이하듯이 해야겠소? 하늘과 장난질치고

스스로 변덕스런 어린 애가 되어

170 잡은 손을 바로 빼고,

맹세한 서약을 철회하고, 미소 짓는 평화로운 신방에

유혈 낭자한 군대를 진격시켜야겠소?

참된 진정성이 깃든 얌전한 얼굴 위에

반란을 일으켜야 되겠소? 아, 성스러운 신부님,

175 추기경이여, 그리 되지 않게 해주오.

당신의 은혜로 온화한 조치를 생각해내어, 명하고,

시행하게 해 주시오. 그러면 우리는 기꺼이

그대가 원하는 대로 할 것이며

우호적 관계를 유지할 것이오.

180 **팬덜프** 영국 왕의 호의를 반대하지 않는 한

어떤 방법도 방법이 아니며, 어떤 명령도 명령이라고 할 수 없소.

그러니 무기를 드시오! 우리 교회의 투사가 되시오,

아니면 교회, 어머니 되시는 교회가 저주를,

반항하는 아들을 향한 어머니의 저주를 내릴 것이오.

프랑스 왕이여, 지금 당신이 잡고 있는 손을 평안하게 잡고 있는 것보다

독사의 혀를 붙잡고,

짜증난 사자의 앞발을 잡고, 185

굶주린 호랑이의 이빨을 잡고 있는 것이

더 안전할 것이요.

필립 왕 손은 놓더라도 신의를 버릴 수는 없소.

팬덜프 그렇다면 당신은 신의를 신의의 적으로 만드는 것이오.

맹세와 맹세 간에 당신의 혀와 혀 사이에 190

내전이 일어나는 것처럼 싸우게 되는 것이오. 당신이 하늘을 향해 했던

맹세부터 하늘을 향해 실천해야 합니다.

그것은 교회의 전사가 되는 것이오.

그 이후로 한 맹세는 자신을 배반하는 것이며

스스로 완수할 수도 없을 것이오. 195

왜냐하면 잘못 맹세한 것은

바로 잡았을 때 잘못이 아니요.

악하게 될 일을 하지 않는 것은

하지 않음으로써 진실을 이루는 것입니다.

실수한 일을 올바르게 만드는 것은 200

다시 한 번 실수하는 것입니다. 잘못 되었다면

다시 잘못 함으로써 바르게 가게 됩니다.

방금 화상당한 혈관을 불로 식히듯이

허위는 허위로 고칠 수 있습니다.

서약을 지키게 하는 것이 종교입니다.

하지만 폐하는 종교에 위배되는 서약을 하셨습니다.

당신이 서약한 것에 반하는 서약을 하고

서약에 반하는 진실에 대해 서약을 함으로써 그리 하셨소.

확신이 없는 진실에 대한 서약을 반대하는 것은

서약을 깨지 않기 위한 것일 뿐이오.

그렇지 않다면 서약한다는 것은 얼마나 웃음거리가 되겠습니까?

하지만 당신은 오직 서약을 깨기 위해서 서약을 하였습니다.

당신이 서약한 바로 그것을 지키는 것이 서약을 깬 것입니다.

그러므로 당신이 처음에 한 서약에 반대되는 나중에 한 서약들은

당신 스스로가 스스로에게 반역을 하는 것입니다.

이 경솔하고 멋대로인 유혹에 대하여

변함없고 고귀한 성품으로 무장하는 것 말고는

정복하는 더 나은 방법은 없을 것입니다.

원하신다면 우리의 기도가

폐하의 훌륭한 성품과 함께 할 것입니다. 거부한다면 명심하시오.

우리의 저주의 위해가 당신에게 내릴 터인데

그 무게가 너무나 무거워서 결코 떨쳐내지 못할 것이고

당신은 그 깜깜하고 무거운 날개 밑에 깔려 절망에 빠져 죽을 것이오.

오스트리아 대공 반역이요, 완전한 반역인 것이오.[26]

서자 안 되는 일인가?

---

26. 오스트리아 대공의 "반역"이란 대사는 215행, 추기경의 주장에 호응하는 것으로
본다.

송아지 가죽으로 저자의 아가리를 닥치게 하는 일은?   225

루이 왕세자 부왕 폐하, 무기를 들어야 합니다.

블랜치 당신의 결혼식 날인데요?

결혼으로 맺은 가족에 맞서서 말입니까?

혼인 잔치를 학살당한 사람들로 채울 건가요? 귀에 거슬리는 나팔 소리,

시끄럽고 거친 북소리, 지옥의 아우성이 우리 예식 음악인가요?   230

아 남편이시여, 제 말을 들으세요! 아아, '남편'이란 말은

제가 처음 불러봅니다! 이제까지 제 입으로 불러본 적도 없는

그 이름을 위해서 무릎 꿇고 간청합니다. 제발 제 숙부님을 향해

무기를 들지 마십시오.

콘스탄스 여러 번 꿇어서 딱딱해진 무릎을   235

다시 꿇으며 간청합니다.

그대 고결하신 왕세자여, 하늘이 미리 정하신 운명을

바꾸지 마십시오!

블랜치 이제 당신의 사랑을 볼 수 있겠군요. 아내라는 이름보다

더 강력하게 설득할 수 있는 게 무엇이겠습니까?   240

콘스탄스 당신을 떠받치고 있는 그 분을 떠받쳐주는 것은

그의 명예입니다. 아, 당신의 명예, 루이 왕세자, 당신의 명예를 생

각해요.

루이 왕세자 그토록 중대한 결정을 하셔야 하는데

아바마마는 너무나 냉정해 보이시니 놀랐습니다.

팬덜프 내가 그의 머리에 저주를 내릴 것이오.   245

필립 왕 그럴 필요 없소. 영국 왕, 난 그대와 결별하겠소.

잡고 있던 존 왕의 손을 놓는다.

콘스탄스 아, 추방되었던 폐하가 멋지게 복귀하셨군요!

엘리노어 대비 이런, 프랑스의 변덕이 추하게 배반을 하는구나!

존 왕 프랑스 왕, 당신은 한 시간 이내에 이 시간을 후회할 것이오.

250 **서자** 시계를 맞추곤 했던 묘지기의 시간, 오래된 시간,

그의 뜻대로 될 것인가? 그렇다면 프랑스는 후회할 것이다.[27]

블랜치 태양이 핏빛으로 뒤덮였구나. 아름다운 날이여, 안녕!

나는 누구 편을 들어야 하는가?

나는 양쪽 편을 다 들고 있고 양쪽 군대 손을 다 잡고 있다.

255 그들이 분통을 터뜨리면 양쪽 손을 다 붙잡은 나는

휘둘리고 뜯기어 사지가 절단이 나겠지.

남편이시어, 난 당신이 승리하라고 기도할 수 없습니다.

숙부님, 나는 당신이 패배하시라고 기도할 수도 없습니다.

아버님, 저는 당신께 행운을 빌 수도 없습니다.

260 할머님, 할머님 소원이 이뤄지시라고 빌 수도 없습니다.

누가 이기든지 간에, 저는 이긴 편에서 진 것입니다.

경기가 시작되기도 전에 전 분명한 패배자예요.

루이 왕세자 부인, 내게, 내게 당신의 행운이 달려 있소.

블랜치 내 행운이 있는 곳에, 내 생명은 없구나.

265 **존 왕** [서자에게] 조카, 가서 우리 군대를 집합시켜라.

---

27. 변덕스러운 시간의 뜻대로 일이 진행된다면 프랑스 왕이 후회하게 될 것이란 말이
다. 이 부분에서는 시간과 시계를 맞추고 무덤도 파는 묘지기의 이미지가 혼합되고
있다(NCS 112).

서자, 퇴장한다.

프랑스 왕이여, 나는 타오르는 분노로 불타고 있다.

이 뜨거운 격분은 오직 피밖에는,

피, 가장 귀하다는 프랑스 왕의 피 외에는

어떤 것도 달랠 수 없다.

필립 왕 그대의 분노가 자신을 불태워   270

내 피가 불을 끄기도 전에, 스스로 재로 변하게 될 것이다.

조심하라, 그대는 위험에 빠져있다.

존 왕 위협하는 자보다 더 위험에 처해있지는 않다. 자, 전투 준비!

[퇴장]

2장

앙지에 근처의 벌판

전투를 알리는 경보소리. 출격.
서자가 오스트리아 대공의 머리를 들고 등장한다.

서자 정말로, 오늘은 이상하게 덥구나.

공기 중에 살고 있는 악마가 하늘을 맴돌면서

못된 짓을 쏟아 붓고 있는 건지. 오스트리아 대공의 대가리는 저

기서 뒹굴어라.

존 왕, 아서, 휴버트, 등장한다.

이 몸이 숨을 고르는 동안에.

5 **존 왕** 휴버트, 이 아이를 지키거라. 필립, 어서 가자.

어마마마께서 우리 막사에서 공격을 받아

체포되신 것이 아닌지 걱정 되는구나.

서자 폐하, 대비마마는 구출했습니다.

마마께서는 안전하시니 근심하지 마소서.[28]

---

28. 홀린셰드가 쓴 역사책에 의하면 엘리노어 대비를 구출한 것은 서자가 아니라 존
왕이다. 아서는 엘리노어 대비를 포위해가던 와중에 미라보에서 영국군에 체포되
었다고 기록되어 있다(Arden 74).

하지만 진격하셔야 합니다, 폐하. 아주 조금만 더 고생하면   10
이날의 노고가 행복한 결말을 맺을 것입니다. [모두 퇴장]

전투를 알리는 경보소리, 진격, 퇴각.
존 왕과 아서, 서자, 휴버트가 엘리노어 대비와 귀족들과 함께 등장한다.[29]

존 왕 [엘리노어 대비에게] 그렇게 하시지요. 어마마마는 엄중 경호를 받으며
후방에서 머무세요. [아서에게] 조카, 그렇게 슬픈 얼굴을 하지 말아라.
네 할머니께서는 너를 사랑하신다. 네 숙부도
너를 네 아버지와 같이 귀하게 여길 것이다.

아서 아, 이 일은 제 어머니를 슬픔에 겨워 세상을 하직하게 할 거예요.   15

존 왕 [서자에게] 조카, 영국으로 떠나거라! 먼저 서둘러라.
짐이 도착하기 전에, 수도원장들이 쟁여놓은
돈 가방을 흔들어서, 갇혀있던 천사 그림 금화들을
풀어주어라. 태평성대에 살찐 갈빗살로
굶주린 자를 먹여야 한다.   20
내 권한을 위임할 테니 전력을 다해 활용하라.

서자 금과 은이 나를 오라고 손짓하니
파문시키는 종, 성서, 양초도 나를 물러서게는 못합니다.[30]
그럼 떠나겠습니다. 폐하. 할마마마, 제가 기도를—
경건해 지는 법이 생각이 난다면—   25
마마의 안전을 위해 기도하겠습니다. 자, 손에 입을 맞춥니다.

---

29. 편집본에 따라서 여기서부터 3막 3장으로 분류하기도 함.
30. 천주교에서 파문 시에는 성경과 초와 종을 사용하였다(Arden 75).

엘리노어 대비 잘 가거라, 착한 손자야.

존 왕 잘 가게, 조카.　　　　　[서자 퇴장]

엘리노어 대비 이리 오너라 손자야. 내 말을 들어보렴.

　　　　　　　　　　[아서를 옆으로 데려간다.]

존 왕 이리 오게, 휴버트. 아 착한 휴버트.

30　　　짐이 네게 신세를 많이 졌구나! 네게 빚을 졌다고 생각하는

　　　　영혼이 내 육신 안에 자리 잡고

　　　　이자까지 붙여서 네 사랑을 갚으려고 한다.

　　　　내 좋은 친구여, 너 스스로 바쳤던 맹세가

　　　　이 가슴 속에 소중하게 간직된 채 살아있다.

35　　　네 손을 다오. 내게 할 말이 있다만

　　　　더 좋은 기회에 하는 것이 낫겠다.

　　　　진심으로, 휴버트, 내가 너를 얼마나 소중히 여기는지

　　　　차마 말로 하기 쑥스럽구나.

휴버트 제가 은혜를 많이 입었나이다.

40 **존 왕** 좋은 친구, 너는 아직 그렇게 말할 게재가 아니다.

　　　　그런 말을 할 때가 올 것이다. 시간이 천천히 온다하더라도

　　　　네게 고마움을 표할 날이 올 것이다.

　　　　내가 할 말이 있지만, 놔두도록 하자.

　　　　태양은 중천에 떠있고 세상 쾌락과 동행하고 있는 도도한 한낮은

45　　　너무 화려하고 요란하여

　　　　내 말에 주의를 기울이기 어렵구나.

　　　　만약 자정의 종이 쇠로 된 혀와 청동 입으로

밤의 졸린 노정에 울려 퍼진다면.
우리가 서 있는 이곳이 교회 묘지이고 50
네가 수많은 악령에 사로잡혀 있다면
또는 그 퉁명스러운 우울의 정령이
네 피를 무겁고, 끈적끈적하게 응결시킨다면,
그렇지 않을 경우 피는 간질거리며 혈관 위아래를 흐르고,
웃음이라는 바보광대가 사람들의 시선을 사로잡고 55
뺨을 잡아당겨 시시한 여흥에 빠지게 하는데,
그것은 내가 목적하는 바와 상반되는 정서이다.
혹은 네가 눈이 없이도 나를 볼 수 있고,
귀가 없이도 내 말을 들을 수 있고,
혀가 없이도 대답을 할 수 있다면, 생각만으로 60
눈도, 귀도, 해를 줄 수 있는 말소리 없이도.
그렇다면 눈을 뜨고 감시하는 한낮이라도
나는 네 가슴에 내 생각을 쏟아 부을 것이다.
하지만, 아, 하지 않겠다. 그래도 너를 사랑한다.
그리고 너 또한 나를 사랑한다고 진심으로 믿고 있다. 65

휴버트 폐하께서 하라고 명하시면
하다가 죽는 일이 있을지라도
맹세코 거행하겠나이다.

존 왕 네가 그럴 거란 걸 내가 모르겠느냐?
선한 휴버트, 휴버트, 휴버트, 저기 있는 어린 아이를
좀 보게. 내 친구여, 너한테 하는 말인데 70

저 아이는 내가 가는 길에 놓인 독사와 같아.

내 발이 가는 곳마다

그 앞에 누워있구나. 내 말을 알겠느냐?

네가 저 아이를 돌보는 거다.

휴버트 제가 잘 돌보아

절대로 폐하를 괴롭히지 않게 하겠습니다.

존 왕 죽음이다.

휴버트 폐하?

존 왕 무덤이다.

휴버트 살려두면 안 됩니다.

존 왕 그걸로 됐다.

내 마음이 다시 가벼워졌다. 휴버트, 나는 너를 사랑한다.

자, 내가 너에게 해주려는 것을 말하지는 않겠다만

기억해 두거라. 어머니, 안녕히 가십시오.

군대를 마마께 보내겠습니다.

엘리노어 대비 내 그대의 축복을 빌겠소.

존 왕 [아서에게] 아서, 영국으로 가거라.

휴버트가 너의 수행원이 되어서

온 정성을 다해 돌봐줄 것이다. 깔레로 진격이다. 호! [퇴장]

3장

프랑스 왕의 장막

필립 왕과 루이 왕세자, 팬덜프 그리고 시종들, 등장한다.

필립 왕 그래, 바다에서 포효하는 태풍 때문에

불운한 함대 전체가

뿔뿔이 흩어지고 이탈하였구나.

팬덜프 용기를 내시고 마음 편히 계십시오. 다 잘 될 겁니다.

필립 왕 어떻게 잘 될 수가 있겠소? 우리가 이렇게 형편없는데.   5

우리가 패배한 것 아니요? 앙지에를 빼앗기지 않았소?

아서는 포로가 되었고? 여러 동료들은 살해되지 않았소?

잔인한 영국 왕은 프랑스에게 굴욕을 주고

모든 저항을 타파하고 자기 나라로 돌아가지 않았는가?

루이 왕세자 그는 자신이 확보한 것을 철저히 방어했습니다.   10

그렇게 신중하면서도 그렇게 신속하고.

그렇게 격렬하게 목표를 수행하면서 그렇게 침착한 것은

전례가 없었습니다. 누가 이와 유사한 행동을

읽거나 들어본 적 있으십니까?

필립 왕 우리가 이같이 치욕을 당한 전례를 찾을 수 있다면   15

영국 왕이 찬사를 듣는 것도 참을 수 있으련만.

콘스탄스, 등장한다.

저기 오는 사람을 보아라! 영혼의 무덤이로구나.

원치도 않으면서 영원한 영혼을

고통스럽게 숨 쉬는 천한 육신의 감옥에 가두고 있구나.

20   제발, 부인, 나와 함께 가십시다.

콘스탄스 자, 보세요! 당신의 평화의 결과를.

필립 왕 참으시오. 부인! 진정해요, 콘스탄스 부인!

콘스탄스 나는 어떤 조언과 위로도 거부합니다.

모든 조언을 끝장내는 그것, 참다운 위로를 제외하고는.

25   그것은 죽음, 죽음이요, 아 다정하고 사랑스러운 죽음이여!

향기로운 악취여! 건강한 부패여!

영원한 밤의 침상에서 일어나라,

번영이 증오하고 두려워하는 그대여,

나는 너의 역겨운 백골에 입을 맞추고

30   움푹 파인 이마에 내 눈알을 쑤셔 넣으리라.

그리고 너와 한 집안인 구더기로 반지를 만들어 손가락에 끼고

내 입을 역겨운 먼지로 틀어막으리.

그리고 너와 같이 시체 먹는 괴물이 되리라.

와서 이를 드러내주오. 그러면 나는 그대가 웃고 있다고 생각하고

35   그대의 아내처럼 뜨겁게 입을 맞추리. 비참한 연인이여,

내게로 오라!

필립 왕 고통당하고 있는 아름다운 이여, 진정하시오!

콘스탄스 아니, 아니요. 그러지 않을 겁니다. 울 수 있는 숨이 붙어 있는 한.

내 혀가 천둥의 입안에 달렸다면

나는 격렬하게 세상을 뒤흔들고

저 험악한 해골을 잠에서 깨울 수 있을 텐데.   40

그 자는 여자의 연약한 목소리는 듣지도 못하고,

평범한 탄원은 경멸할 것이요.

팬덜프 부인, 당신이 하는 말은 미친 소리지 슬퍼서 하는 소리가 아니요.

콘스탄스 나에 대해서 이렇게 거짓말을 하시다니, 대단한 성직자시군요.

난 미치지 않았어요. 내가 쥐어뜯고 있는 머리칼은 내 것이에요.   45

내 이름은 콘스탄스에요. 나는 제프리의 아내였고

어린 아서는 내 아들이요. 그런데 그 아이를 잃어버렸어요!

나는 미치지 않았어요. 하늘에 바라건대 미쳤으면 좋겠어요!

그렇게 되면 나 자신을 잊을 수 있으니까.

그럴 수만 있다면, 얼마나 많은 슬픔을 잊을 수 있을까!   50

내게 어떤 철학이든 설교해서 나를 미치게 해줘요.

그러면 당신은 성인의 반열에 들 거요, 추기경.

미친 게 아니라 슬픔을 느낄 수 있는 겁니다.

내 이성은 이 슬픔으로부터 벗어날 수 있는

이성적 생각들을 고안해내고

내게 칼로 찌르거나 목을 매라고 가르쳐 줍니다.

내가 미쳤다면 나는 내 아들을 잊어버릴 수 있을 거요.

아니면 넝마 인형을 내 아들인 줄 알겠지.

나는 미치지 않았소. 너무나, 너무나 깊이

각 재난이 주는 서로 다른 괴로움을 느끼고 있어요.

필립 왕 머리채를 묶으시오. 저 아름다운 풍성한 머리채 속에 대단한 사랑이

자리하고 있는 것을 보게 되는구나!

우연히 은방울 같은 눈물이 떨어지면

만 개의 머리카락 친구들이

65 슬픔을 함께 하며 그 한 방울에 똘똘 뭉쳐있구나.

역경 중에 서로 뭉치는

마치 진정한, 떨어질 수 없는, 충성스러운 연인처럼 말이다.

콘스탄스 원하신다면 영국으로 가겠습니다.

필립 왕 머리를 묶으시오.

콘스탄스 네, 그리 하지요. 그런데 왜 그래야 하는 거죠?

70 묶은 머리를 풀면서 저는 이렇게 소리쳤죠.

"아 이 손이 머리카락에게 자유를 주었듯이

내 아들을 구해줄 수 있다면!"

하지만 이제 나는 머리카락의 자유가 샘이 나니

다시 묶도록 하겠습니다.

75 왜냐하면 내 불쌍한 아들이 포로가 되었으니까요.

추기경, 언젠가 당신이 말씀하셨죠.

우리가 천국에 가면 친했던 사람들을 다시 만나게 되고 알아볼

거라고요.

그게 정말이라면, 나는 내 아들을 다시 만나게 되겠죠.

이 세상에 처음으로 태어난 사내아이인 카인부터

80 바로 어제 태어난 아이에 이르기까지

아서만큼 품위 있는 아이가 태어난 적은 없었어요.

하지만 이제 슬픔이라는 벌레가 내 꽃봉오리를 갉아먹고

아이의 뺨에서 타고난 아름다움을 몰아낼 것이니

유령처럼 핼쑥하고

학질에 걸린 것처럼 흐릿하고 수척하게   85

죽어가겠죠. 그런 모습으로 다시 일어난 그 아이를

천국 법정에서 다시 만난다 하더라도

나는 그 아이를 알아보지 못할 거예요. 그러니 결코 다시는

내 예쁜 아서를 볼 수 없는 겁니다.

팬덜프 지나치게 슬픔에 몰두하는 것도 죄요.   90

콘스탄스 아들을 가져보지도 못한 사람이 하는 말이군.

필립 왕 부인은 자식을 사랑하듯이 슬픔을 사랑하는군요.

콘스탄스 슬픔이 없어진 내 아이의 자리를 채워주고 있어요.

그 아이의 침대에 누워보고, 나와 함께 길을 오르내리고,

그 애의 예쁜 표정을 지어보고, 그 애의 말을 따라 해보고,   95

그 애의 온갖 우아한 모습들을 상기해보고

비어있는 옷을 그 애의 모습으로 채워봅니다.

그러니 내가 슬픔을 좋아할 이유가 있는 거죠?

잘들 계세요. 여러분이 제가 겪은 만큼의 상실을 겪는다면

저는 당신들보다 위로를 잘 해줄 수 있을 거예요.   100

머릿속이 엉망진창인데

머리카락을 말끔히 하고 있을 게 뭐야.[31]

---

31. 이 대사를 하면서 콘스탄스가 묶고 있던 머리를 다시 푸는 것으로 보인다.

아 주여! 내 아들, 내 아서, 내 잘생긴 아들!

내 생명, 내 기쁨, 내 식량, 내 모든 세계!

105 과부된 내게 위로, 내 슬픔의 치료제여! [퇴장]

필립 왕 슬픔이 폭발할 것 같군, 따라가 봐야겠다. [퇴장]

루이 왕세자 이 세상에 나를 즐겁게 할 수 있는 것은 없어요.

삶이란 졸린 사람의 둔한 귀를 귀찮게 하는

두 번 들을 얘기처럼 지루할 뿐이에요.

110 씁쓸한 치욕이 세상의 달콤한 맛을 다 망쳐놓았으니

수치와 쓰라림만이 남았구나.

팬덜프 큰 병이 낫기 전에는

회복되고 건강해지는 찰나에 도리어

가장 큰 발작이 일어나는 법입니다. 떠나가는 악은

115 떠날 때 모든 악행을 보여주고 갑니다.

오늘의 패배로 무엇을 잃으셨소?

루이 왕세자 영광과 기쁨과 행복의 날들을 모두 다요.

팬덜프 승리라면 확실히 그것들을 잃었을 겁니다.

그런데 아니요, 아닙니다. 운명의 여신이 인간에게 최상의 것을
주고 싶을 때

120 여신은 위협의 눈으로 인간을 바라봅니다.

본인은 확실히 승리했다고 생각하지만

존 왕은 얼마나 많은 것을 잃었는가 생각하니 이상한 일이요.

아서가 그의 포로가 된 것이 슬프지 않으시오?

루이 왕세자 존 왕이 아서를 납치해서 기뻐하는 것만큼 슬프다오.

팬덜프 왕자님의 생각은 당신 피만큼이나 젊으시오.　　　　125

내가 예언자의 정신을 가지고 하는 말을 들어보시오.

내가 하고자 하는 말의 숨결만으로도

왕자님의 발길을 영국의 왕좌로

직접 인도해가는 길 위의

모든 먼지, 모든 지푸라기, 모든 방해물을 날려버릴 것이오. 그러　130

니 잘 들어보시오.

존 왕이 아서를 납치해갔소. 그런데 그 어린 애의 혈관에 따뜻한 생명이

뛰놀고 있는 동안

왕위 찬탈자 존은 한 시간도,

아니 일 분도, 아니 숨 한 번도 편히 쉬지 못할 것이요.

불법으로 강탈한 왕홀은　　　　135

쟁취할 때처럼 폭력을 써서 지켜가야 하는 법입니다.

미끄러운 곳에 서 있는 사람은

똑바로 서 있기 위해 어떤 나쁜 짓도 마다하지 않습니다.

존은 서 있어야만 하고 아서는 굴러 떨어져야 합니다.

그런 법이지, 다른 길은 없소이다.　　　　140

루이 왕세자 어린 아서가 몰락한다고 내가 얻을 것이 무엇인가요?

팬덜프 왕자님은 당신의 아내인 블랜치 공주의 권리에 따라

아서가 주장했던 모든 권한을 주장할 수 있습니다.

루이 왕세자 그래서 아서가 그랬듯이 목숨이고 뭐가 다 잃게 되겠군요.

팬덜프 왕자님은 이 오래된 세상에서 너무나 풋풋하고 순진하시군요!　145

존 왕이 왕자님께 방책을 제공해주고 있어요. 시대가 왕자님과

공모하는 거라고요.

자신의 안전을 적통의 피에 담가 확보하려는 자는

안전에는 피가 묻고 믿을 수 없는 것이라는 걸 알게 될 것이요.

사악하게 태어난 행동은

150 모든 백성의 가슴을 차갑게 만들고 그들의 열정을 얼어붙게 하여

왕권을 제어할 수 있는 아무리 작은 기회라도

나타나면, 그들은 소중히 여길 것입니다.

하늘에 나타나는 어떤 유성도,

어떤 자연의 현상도, 궂은 날씨나,

155 평범한 바람이나, 늘 있는 사건도

사람들은 자연적인 원인은 배제하고

유성이네, 이상한 징조네, 계시네 이러면서

기형아가 나왔네, 불길한 전조네, 하늘의 말씀이라며

노골적으로 존 왕에게 복수하자며 비난을 해댈 것입니다.

160 **루이 왕세자** 존 왕이 아서를 죽이지 않고

감금시켜 놓고 안전하다고 생각할 수도 있습니다.

팬덜프 아 왕자님, 존 왕은 왕자께서 진격하고 있다는 소식을 들으면

어린 아서가 아직 살아있더라도

그 소식만으로도 아서를 죽일 것입니다. 그러면 온 민심이

165 존 왕으로부터 들고 일어나

생소한 변화의 입술에 입을 맞추고

존 왕의 피 묻은 손가락 끝에서부터

반역과 분노의 강력한 명분을 뽑아낼 것입니다.

내가 보기에 이 소요는 벌써 시작되었습니다.

내가 말씀 드린 것보다   170

어떤 더 좋은 일이 있겠소! 서자 포큰브리지는

지금 영국에서 교회를 약탈하고

선량한 신앙심을 범하고 있소. 프랑스군 열 몇 명만

거기 가 있다면, 만 명의 영국군을 자기편으로

끌어들일 수 있을 것이오.   175

작은 눈덩이가 굴러가면

곧 큰 산처럼 커지듯이 말이죠. 자, 고귀한 왕세자여,

함께 국왕께로 가시지요. 사람들의 불만으로부터

대단한 일이 벌어질 수 있습니다.

그들의 머릿속은 상처와 원망으로 꽉 차 있으니까요.   180

영국으로 가십시오. 제가 국왕을 부추기겠습니다.

루이 왕세자 강력한 주장이 이상한 행동을 하게 하는군. 갑시다.

당신이 좋다고 하면 왕께서도 안 된다고는 못하실 것이오.

4막

1장

성 안의 방. 화로에 석탄이 타고 있다.

휴버트와 사형집행인들이 등장한다.

휴버트 인두 두 개를 뜨겁게 달궈주게. 그리고

저 장막 뒤에 서 있다가 내가 땅 바닥을

발로 차거든 뛰어나와

내 곁에 있는 아이를 의자에

단단하게 결박하도록 해. 조심해야 한다. 자, 잘 살펴봐라.

사형집행인 1 당신이 준 영장을 갖고 있으니 이런 일을 해도 별 일 없겠죠.

휴버트 쓸데없이 망설이기는! 걱정 하지 말고, 할 일이나 해라.

사형집행인들은 물러난다.

어린 왕자님, 이리 오세요. 드릴 말씀이 있습니다.

아서. 등장한다.

아서 안녕, 휴버트.

휴버트 안녕하십니까, 어린 왕자님.

아서 왕자라는 대단한 호칭을 갖고 있지만, 나는

아주 조그만 왕자에요. 당신은 슬퍼하고 있군요. 10

휴버트 전에는 더 명랑했었답니다.

아서 이럴 수가!

나는 나 말고는 누구도 슬프지 않다고 생각했어요.

그런데 기억나요. 프랑스에 있었을 때

젊은 신사들이 밤과 같이 슬픈 모습이었는데 15

장난치느라고 그런 거래요. 맹세하건대

감옥에서 나가 양이라도 치게 된다면

나는 하루 종일 명랑할 텐데.

여기서도 그럴 수 있긴 한데, 숙부께서

내게 해코지를 하지 않을까 걱정만 안 한다면요. 20

숙부는 나를 두려워하고 나도 그래요.

내가 제프리의 아들이란 것이 잘못인가요?

아니요, 진짜 아니에요. 하늘에 빌어요.

내가 당신 아들이었으면 하고요. 그러면 당신이 나를 사랑할 거

니까요. 휴버트.

휴버트 [방백] 내가 저 애와 얘기를 하게 되면, 저 아이의 순진한 재잘거림에 25

죽어있던 내 자비심이 살아날 것 같다.

그러니 빨리, 급하게 해치워야겠다.

아서 어디 아파요, 휴버트? 오늘 창백해 보이네요.

실은 당신이 조금 아팠으면 좋겠어요.

그래야 밤새 곁에 앉아서 당신을 돌봐줄 수 있으니까. 30

당신이 나를 사랑하는 것보다 내가 당신을 더 사랑한다고 장담해요.

휴버트 [방백] 저 아이의 말이 내 가슴을 부여잡는구나.

이걸 읽어봐요, 어린 왕자님. [존 왕이 준 서류를 보여준다.]

[방백] 이런, 바보 같은 눈물!

잔인한 고문을 문 밖으로 내몰려고 하느냐?

35 당장 해치워야겠다. 결단이 연약한 여자 같은 눈물이 되어

눈에서 흘러 나가지 않도록.

못 읽겠어요? 글씨가 분명하게 쓰여 있지 않나요?

아서 그렇게 나쁜 뜻이 너무 깨끗하게 쓰여 있어요, 휴버트.

불에 달군 인두로 내 눈을 꼭 지져야만 하는 건가요?

휴버트 왕자님, 해야만 합니다.

아서 그래서 할 건가요?

40 **휴버트** 할 겁니다.

아서 아저씨는 가슴이란 게 없어요? 머리가 아프다고 했을 때

내가 아저씨 이마에 손수건을 매주었지요.

어떤 공주가 수를 놓아준, 내가 가진 것 중 제일 좋은 것이었는데

돌려달라는 말도 하지 않았어요.

45 그리고 한밤중에도 아저씨 머리에 손을 얹고

시간이 지나가는 것을 주의 깊게 바라보는 시계의 분침처럼

우울한 시간을 힘내라고 격려하면서

"뭐가 필요해요?" 그리고 "어디가 아파요?"

또는 "아저씨를 위해 뭘 해 줄까요?"라고 계속 물었지요.

50 많은 가난한 집 자식들도 그 시간에는 가만히 누워만 있지

아저씨에게 친절한 말 한마디 안 했을 거예요.

하지만 아저씨는 왕자의 병간호를 받았다고요.

아마도 아저씨는 내 사랑이 교활한 것이고,

잔꾀 쓴다고 할지도 모르지만, 좋을 대로 하세요.

아저씨가 나를 괴롭히는 게 하늘이 원하는 바라면   55

어쩔 수 없이 그렇게 해야겠지요. 제 눈알을 뺀다고요?

이 두 눈은 아저씨를 보면서 찡그려본 적도 없고,

찡그릴 일도 없는 데요.

휴버트 하겠다고 맹세를 했습니다.

뜨거운 인두로 눈을 태워버려야 해요.

아서 이렇게 잔인한 시대니까 가능한 짓이겠지!   60

시뻘겋게 달궈진 인두 그 자체도

내 눈 가까이에 오면 내 눈물을 마시고

죄 없이 흘리는 내 눈물에 불같은 분노를 식힐 텐데.

아니, 그러고 나서는 내 눈을 해치려고 불을 품고 있었으니

녹슬어서 사라지고 말 거야.   65

아저씨는 망치로 두드린 쇠보다 더 고집 세고 단단한가요?

천사가 내게 와서

휴버트가 눈알을 빼려고 한다고 말해주어도

난 그 말을 믿지 않을 거예요. 휴버트가 직접 말하지 않는 한.   70

휴버트 이리 나오너라! [발을 구른다.]

사형집행인들이 밧줄과 인두를 들고 나온다.

내가 명령한 대로 하여라.

아서 아, 살려줘요, 휴버트. 나를 살려줘요!

저 잔인한 사람들의 무시무시한 얼굴만 보고도

내 눈들은 벌써 튀어 나왔어요.

휴버트 내게 인두를 주고, 아이를 여기 묶어라.

75 **아서** 이런, 왜 그렇게 난폭하고 거칠게 굴어요?

저항하지 않을게요. 돌처럼 가만히 있을 거예요.

제발 휴버트, 나를 묶으라 하지 말아요.

아니, 내 말 좀 들어요, 휴버트. 이 사람들을 좀 가라고 그래요.

나는 순한 양처럼 조용히 앉아 있을게요.

80 난 움직이지도, 움찔하지도 않고, 아무 말도 안 할 거예요.

저 인두를 화난 눈으로 노려보지도 않을 거예요.

저 사람들을 내쫓아줘요. 그러면 아저씨가 나한테

어떤 고문을 해도 용서할게요.

휴버트 안으로 들어가 있어라. 이 아이는 나 혼자 맡을 테니.

85 **사형집행인 1** 이런 끔찍한 일을 안 해도 되니 다행일 뿐입니다요.

사형집행인들, 퇴장한다.

아서 이런, 내가 친구를 쫓아버린 셈이네!

얼굴은 무시무시하게 생겼는데 마음은 착한가 보네.

그를 다시 불러줘요. 그 사람의 동정심이

아저씨의 동정심을 살아나게 할지도 모르니까요.

휴버트 자, 준비하세요.

아서 되돌릴 수는 없는 건가요?

휴버트 없어요. 눈을 빼는 것 밖에는. 90

아서 아 하나님, 아저씨 눈에 티끌이라도 들어간다면,

알갱이든, 먼지든, 각다귀든, 굴러다니는 머리카락이든

그 귀한 눈 안에 어떤 이물질이라도 들어가서 괴롭힌다면,

작은 것이 얼마나 괴로울 수 있는지 느끼고

아저씨가 하려는 나쁜 짓이 얼마나 끔찍한지 알게 될 텐데. 95

휴버트 이게 약속한 대로에요? 자, 입을 다무세요.

아서 두 눈을 구하기 위해서는

혀 두 개로 떠들어도 부족해요.

입 다물라고 하지 말아요. 그러지 말아요, 휴버트!

아니면 휴버트, 차라리 내 혀를 잘라요. 100

그래서 눈을 지킬 수 있다면요 아, 내 눈은 살려줘.

아저씨를 바라보는 것 말고는 눈을 쓸 일도 없겠지만!

인두를 잡아채서 만져본다.

봐요, 진짜 이 인두가 식어버렸네.

나를 해치고 싶지 않은가 보지.

휴버트 다시 달구면 돼요.

아서 아니, 절대 안 돼요. 불은 슬퍼서 꺼진 거예요. 105

편안함을 주기 위해 만들어진 불이,

이렇게 죄 없는 사람한테 끔찍한 고통을 주려니까. 보라고요.

타고 있는 이 석탄에는 악의가 없어요.

하늘의 숨결이 그런 마음을 날려버리고

110   회개의 재를 머리에 뿌려놓았어요.

휴버트 석탄불은 불어서 다시 살릴 수가 있어요.

아서   그렇게 한다면, 아저씨가 한 짓이 창피해서

          얼굴이 빨갛게 타오르게 할 뿐이에요.

          아니, 아저씨 눈에 불꽃이 튈지도 모르죠.

115   싸움을 강요당하는 개가

          몰아대는 주인에게 달려들 듯이 말이에요.

          나를 괴롭힐 때 사용하려는 모든 물건들이

          제 할 일을 안 하려고 하잖아요. 아저씨만이

          무시무시한 불이나 쇠 인두도 보여주는 자비심이 없네요.

120   그것들은 자비심이 필요도 없는 것들인데!

휴버트 그래, 보면서 사세요. 왕자님 숙부의 전 재산을 준다고 해도

          난 그대 눈을 건드리지는 않겠어요.

          바로 이 인두로 당신 눈을 불태워버리겠다고 맹세하고

          그러려고 했었지요.

125 **아서** 이제야 휴버트 아저씨 같이 보이네요! 지금까지는

          다른 사람 같더니.

휴버트 조용히, 그만 하세요. 이제 작별입니다.

          숙부는 왕자님이 죽은 줄로 알아야만 해요.

          잔인한 첩자들에게는 거짓 정보를 심어주겠습니다.

          그러니 어여쁜 어린이여, 걱정 말고 마음 편히 주무세요.

130   휴버트는 세상 부를 다 준다고 하더라도

          왕자님을 해치지 않을 겁니다.

아서 아 하늘이시여! 고마워요, 휴버트.

휴버트 조용히 하세요. 저를 바짝 따르세요.

　　　왕자님 때문에 저는 많은 위험을 겪어야 합니다. [둘 다 퇴장한다.]

2장

영국의 궁정

존 왕과 펨브룩, 설즈베리, 그리고 다른 귀족들이 등장한다.

존 왕 다시 한 번 왕좌에 앉아서, 다시 한 번 왕관을 쓰는 군.

부디 기쁘게들 바라보았으면 좋겠소.

펨브룩 폐하께서 "다시 한 번" 하기를 원하셨으나

한 번으로 족한 것이었습니다. 폐하께서는 이미 왕관을 쓰셨고

5   그 고귀한 왕권은 결코 뜯겨나간 적이 없습니다.

백성들의 충성심이 반역으로 얼룩진 적이 없으며

변화나 더 좋은 나라에 대한 갈망으로

새로운 기대감을 가지고 이 땅에 문제를 일으킨 적도 없습니다.

설즈베리 그러니 대관식을 두 번씩 하는 것은

10   이미 훌륭하신 칭호를 다시 확고히 하고,

순금에다 금칠을 하고, 백합꽃에 물감을 칠하고.

제비꽃에 향수를 뿌리고,

얼음판을 매끄럽게 깎고, 무지개에 또 다른 색을 첨가하고,

15   촛불로 하늘의 아름다운 눈동자인 태양을 장식하려드는 것같이

낭비일 뿐 아니라 우스꽝스러운 과잉 행동입니다.

펨브룩 폐하께서 꼭 하기를 원하셨지만

이 일은 옛날이야기를 다시 하는 것과 같습니다.

그러니 적절치 않은 때에 재촉하시니

결국에는 반복하는 것이 되고, 성가신 것이 되었습니다.　　　　20

설즈베리　이번 일로 예부터 내려오는 익숙한

검소한 관습이 많이 훼손 되었습니다.

그리고 돛을 향해 불어대는 바람의 방향이 바뀌듯이

생각의 향방을 다른 쪽으로 틀게 하고

신중하게 심사숙고 하는 자들을 놀라고 겁먹게 하고　　　　25

건전한 의견이 병들고 진실이 의심받게 하였습니다.

관습과 다른 완전히 새로운 의상을 입으셨으니까요.[32]

펨브룩　장인이 너무 잘하려고 애쓰다가는

욕심 때문에 솜씨를 망쳐버리고 맙니다.

그리고 실수에 대해 변명을 하다보면　　　　30

변명이 종종 잘못을 더 크게 만듭니다.

약간 찢어진 곳을 헝겊으로 기우다가는

잘못을 가리기 보다는

기우기 전보다 더 망쳐 망신거리가 됩니다.

설즈베리　이런 취지로, 새로 대관식을 치르시기 전에　　　　35

저희가 조언을 올렸으나 폐하께서

물리치시니 저희는 기꺼이 따른 것입니다.

저희가 바라는 바는 오로지

---

32. 설즈베리는 존 왕이 거행한 의식과 복장을 비판함으로써 존 왕의 왕통을 비판하고
    있다.

폐하의 뜻과 함께 하는 것입니다.

40 **존 왕** 대관식을 두 번씩 하는 몇 가지 이유를

그대들에게 고지한 바 있으며 매우 강력한 것들이요.

그리고 짐의 걱정이 줄어들게 되면 그 때에

더 강력한 이유들을 그대들에게 알려주도록 하겠소. 그동안에

그대들이 개선하려고 하는 문제들에 대해서 듣고 싶소.

45 짐이 얼마나 기꺼이 그대들의 요구사항을 듣고 허락하는지

보게 될 것이오.

펨브룩 그러면 저는 여기 모인 자들의 혀가 되어

그들이 마음속에 품고 있는 소망을 고하려 합니다.

저 자신뿐 아니라 저들을 위한 것이기도 하나 무엇보다도

50 폐하의 안전을 위한 것입니다. 이를 위해서 제 자신뿐 아니라

저희들은 최선의 노력을 다하고 있습니다.

저희는 아서 왕자의 석방을 간절히 청하옵니다.

아서 왕자를 감금시키는 것은 불만세력의 주절거리는 입을 움직여서

위험한 논란을 촉발시킬 것입니다.

55 폐하께서 편안히 소유하고 계신 것이 정당한 권리로 얻으신 것이라면,

왜 그릇된 행보를 할 때 함께하는 공포심을 가지고

폐하의 연약한 조카를 가두고,

그의 하루하루를

야만적인 무지로 숨 막히게 하고, 어린 왕자가 훌륭한 교육이 주는

60 풍부한 이득을 얻는 것을 막으시는 겁니까?

이 시대의 적들이 이 일로

빌미를 잡지 않게 하기 위해서 폐하께서 요청하라 하신대로

왕자님의 석방을 요청하는 바입니다.

이것은 저희 자신의 이익을 위해서가 아니라

저희의 안녕이 폐하에게 달려있으며,   65

폐하의 안녕은 아서의 방면에 달려있기에 아뢰는 것입니다.

휴버트, 등장한다.

존 왕 그렇게 합시다. 짐은 어린 왕자를

그대들이 관리하도록 하겠소. 휴버트, 새로운 소식이 있는가?

휴버트를 따로 불러 옆으로 데려간다.

펨브룩 [다른 귀족들에게] 저 인간이 피를 보는 짓을 하게 되어 있지.

저자가 영장을 내 친구에게 보여주었다고 하지.   70

사악하고 극악무도한 범죄상이

그 눈에 살아있다. 눈치를 보는 듯한 저 모습은

괴로운 심정을 드러내는데.

우리가 걱정한 대로 저자가 임무를 맡아 그 일을

해치운 것이 아닌지 걱정이 되는군.   75

설즈베리 왕의 낯빛이 자신의 목적과 양심 사이에서

왔다 갔다 하는군.

무시무시한 두 전투 사이를 오가는 전령처럼 말이야.

왕의 격정이 무르익어, 곧 터지려고 하는데.

80 **펨브룩** 터져버리게 되면, 귀여운 어린이의 죽음이라는

　　　　더러운 고름이 나오는 게 아닌지 걱정이요.

　　존 왕 [휴버트와 대화를 마치고 나오면서] 우리는 죽음의 강한 손을 떨쳐낼 수
　　　　는 없소.

　　　　경들이여, 비록 그대들의 청원을 허락하겠다는 내 뜻은 여전하지만
　　　　그 청원은 사라지고 소멸되었소.

85　　　휴버트 말이 아서가 오늘 밤 세상을 떠났다고 하오.

　　설즈베리 저희는 병환이 회복 불가능한 지경이 아닌지 참으로 걱정하던
　　　　차였습니다.

　　펨브룩 사실 왕자께서 편찮으시기도 전에

　　　　죽음이 가까이 가 있었다고 들었나이다.

　　　　이 건은 여기서든 하늘에서든 책임을 져야 할 것입니다.

90 **존 왕** 왜 경들은 내게 그렇게 근엄한 얼굴을 들이대는 거요?

　　　　내가 운명의 가위라도 가지고 있다고 생각하는 거요?

　　　　생명의 맥박을 내 맘대로 할 수 있다는 거요?

　　설즈베리 이것은 분명 못된 짓을 한 것이요.

　　　　최고 권력자가 그토록 끔찍한 짓을 하다니, 창피스럽구나.

95　　　사필귀정이 되시길! 그럼 그만 가보겠소.

　　펨브룩 잠깐 계시오, 설즈베리 경. 같이 갑시다.

　　　　이 불쌍한 어린 아이가 남긴 유산,

　　　　강제로 만든 무덤이라는 작은 왕국을 찾아봅시다.

　　　　이 섬 전체 면적을 소유했던 혈통이

100　　　석 자 길이의 땅밖에는 차지하지 못하다니. 정말 잘못된 세상이요.

이런 식으로 넘어갈 수는 없소. 조만간

무슨 일이 터져서 우리 모두는 슬픔에 젖게 될 것이오. [귀족들 퇴장.]

존 왕 저자들은 분노에 불타는구나. [전령 등장.]

후회가 되는구나.

피 위에 세워진 토대가 튼튼할 리가 없고

다른 사람을 죽이고 얻어낸 생명은 믿을 수 없는 것.　　　105

[전령에게] 겁에 질린 눈을 하고 있구나.

네 두 뺨에 있던 핏기는 어디로 간 것이냐?

그렇게 사나운 날씨는 태풍이 몰아쳐야 개는 법이다.

폭풍이여, 퍼 부어라. 프랑스는 어떻게 돌아가고 있는가?

전령 프랑스가 영국으로 쳐들어오고 있습니다.　　　110

해외 원정을 위해 한 나라에서 그런 규모의 군대가

소집된 적은 없습니다.

폐하의 신속하심을 그들이 본받았습니다.

저들이 준비 중이라는 보고를 하려는 시점에

그들이 벌써 도착했다는 소식을 전하게 되었습니다.　　　115

존 왕 짐의 정보원들은 술독에 빠져 있는 것이냐?

어디서 자빠져 자고 있는 것이냐? 어마마마는 신경을 어디다 쓰

고 계시길래

그런 대군이 프랑스에서 소집되었는데도

듣지 못하시다니.

전령 폐하, 대비마마의 귀는

이미 흙으로 막혔습니다. 4월 1일에 마마께서 승하하셨습니다.　　　120

그리고 콘스탄스 부인께서도 사흘 전

광란을 일으켜 세상을 뜨셨다고 들었습니다.

허나 이것은 제가 소문을 흘려들은 것이어서

사실 여부는 확실치 않습니다.[33]

125 **존 왕** 끔찍한 위기여, 속도를 늦추어 다오!

내가 불만에 찬 귀족들을 달랠 때까지 나와 동맹을 맺어주오.

뭐라고! 어머니가 돌아가셨다고!

프랑스에 있는 내 영지는 엉망진창이 되었구나.

네가 분명히 여기 상륙했다고 한

130 프랑스군을 지휘하는 자는 누구냐?

전령 프랑스 왕세자입니다.

서자가 폼프릿의 피터와 함께 등장한다.

존 왕 나쁜 소식들을 들으니 머리가 어찔어찔 하구나. [서자에게] 자, 세상은
네가 한 일들에 대해서 뭐라고들 하느냐? 더 이상 불길한 소식으로
내 머리를 채우지 말거라. 이미 꽉 차있다.

135 **서자** 최악의 소식을 듣는 것을 두려워한다면

금시초문인 최악의 소식이 머리 위로 떨어지게 됩니다.

존 왕 좀 참아라, 조카. 밀려오는 조류에 깔려

내가 좀 놀랐으나 이제는 물 위에 떠올라

다시 숨을 쉴 수 있게 되었다. 무슨 말을 해도

---

33. 역사적으로는 콘스탄스가 1201년에, 엘리노어 대비는 1204년에 사망한 것으로 기
록되어있다.

들을 수 있으니 하고 싶은 말을 해보아라.   140

서자   제가 성직자들 사이에서 얼마나 성공을 거두었는지는

모아 둔 금액이 말해줄 것입니다.

하지만 제가 육로로 여기까지 오다보니

사람들이 이상한 환상에 쌓여 있더이다.

뜬소문에 사로잡히고 헛된 망상이 가득한 채   145

무엇을 두려워하는지도 모르면서 공포에 가득 차있었습니다.

여기 있는 자는 예언자로 제가 폼프릿 거리에서

데려왔는데 수백 명의 사람이 그의 뒤를 쫓아다니고 있었습니다.

이 자는 사람들에게 노골적이고

귀에 거슬리는 노래를 불러주고 있었는데   150

내용인 즉 다음 예수 승천일 정오가 되기 전에

폐하께서 왕위를 내놓으실 거랍니다.[34]

존 왕   이 터무니없는 몽상가야! 왜 그런 짓을 하는 거냐?

피터   실제로 벌어질 일을 미리 알았기 때문입니다.

존 왕   휴버트, 저자를 끌고 가서 감옥에 가두어라.   155

내가 왕위를 내놓을 거라고 한 그날 정오에,

저자의 목을 매달아라.

저자를 감옥에 안전하게 맡겨두고 돌아오너라.

너에게 용무가 있다.   [휴버트가 피터를 데리고 퇴장.]

아 착한 조카야.

누가 쳐들어왔는지 도처에 퍼진 소식은 벌써 들었겠지?   160

---

34. 기독교에서 말하는 예수 승천일은 부활절로부터 40일 후가 되는 날이다.

서자   프랑스군입니다. 폐하. 사람들이 그 얘기를 하느라 바쁘더군요.

그뿐 아니라 제가 비곳 경과 설즈베리 경을 만났는데

눈이 새로 돋은 쌍심지처럼 빨갛더이다.

다른 사람들과 더불어 아서의 무덤을 찾으러 간다고 하던데

165   아서는 폐하의 지시로 지난 밤 살해되었다고 하더군요.

존 왕   착한 조카야. 가서

그 사람들 사이에 끼어들어라.

내게 그들의 사랑을 다시 얻을 방안이 있으니 데리고 오라.

서자   그들을 찾아내겠습니다.

170 존 왕   아니, 서둘러라. 전속력으로 가게!³⁵

신하를 적으로 만들어서는 안 되지,

외적이 무시무시한 위세로

강력한 공격을 퍼붓는 판인데!

머큐리 신처럼 발꿈치에 날개를 달고

175   사람의 생각처럼 빠르게 날아 그자들로부터 내게로 돌아오라.³⁶

서자   급박한 때이니 급박하게 속도를 내겠습니다.

존 왕   말하는 것이 씩씩하고 고결한 귀족답구나.

[전령에게] 저 분 뒤를 따르라. 저 친구가 아마도 나와 귀족들 사이에

전령이 필요할 지도 모르겠다.

---

35. "the better foot before"는 셰익스피어가 작품에서 사용한 당시엔 이미 "전속력으로 가라"는 뜻으로 널리 사용되었다.

36. 로마 신화에 나오는 머큐리는 그리스 신화의 헤르메스와 동일하며 여러 신들의 전령사로 등장한다.

네가 그 일을 하라.

전령 온 마음을 다 바치겠나이다, 폐하. [퇴장]   180

존 왕 어머니가 돌아가셨다니!

휴버트가 다시 등장한다.

휴버트 폐하, 지난밤에 달이 다섯 개가 떴다고들 합니다.

네 개는 움직이지 않는데 다섯 번째 달은

그 네 개 주위를 이상한 동작을 하며 회전을 했다고 합니다.

존 왕 달이 다섯 개라고?

휴버트 길거리의 노인들은   185

위험한 일들이 벌어질 거라는 예언을 하고 있습니다.

어린 아서 왕자의 죽음을 입 가진 자는 다 얘기하고 있습니다.

아서 얘기를 할 때면 머리를 흔들면서

귀에 대고 서로 속닥거립니다.

말을 하는 이는 듣는 사람의 손목을 부여잡고   190

듣는 이는 이마를 찡그리고, 고개를 끄덕이고, 눈을 굴리며

겁에 질린 몸짓을 합니다.

대장장이가 모루에 놓인 쇠가 식은 것도 모르고

해머를 들고 서 있는 것을 보았습니다.

입을 쩍 벌리고 재단사가 하는 말을 듣고 있었습니다.   195

재단사는 가위와 자를 손에 들고

빨리 서두르느라 반대 발을 쑤셔 넣어

슬리퍼를 좌우 거꾸로 신고 서서는

수천 명의 용맹한 프랑스 군사들이 켄트 지방에

200 포진, 정렬하고 있다고 말하고 있더군요.

그런데 어떤 삐쩍 마르고 씻지도 않은 직공이

재단사의 말을 끊고는 아서가 죽은 이야기를 하더이다.

존 왕 어째서 너는 내게 그런 두려운 소식들을 전하는 것이냐?

왜 어린 아서의 죽음을 그토록 여러 번 언급하는 것이냐?

205 네 손이 그 아이를 죽였다. 나야 그 아이가 죽기를 바라는

강력한 이유가 있지만 너는 그 애를 죽일 이유가 없다.

휴버트 없다고요, 폐하? 저한테 시키셨잖습니까?

존 왕 왕의 변덕을 영장으로 여기는 노예들의

섬김을 받는다는 것이 왕들이 받는 저주이다.

210 그들은 왕들의 변화무쌍한 기분을

사람의 생명줄을 끊으라는 영장으로 받아들이고

권력이 눈만 껌뻑여도 법이라고 생각하고,

위험한 왕의 뜻을 안다고 한다.

왕이 찡그리는 것이 신중히 생각해서라기보다는 변덕 때문일 텐

데도 말이지.

215 **휴버트** [왕이 준 영장을 보여주며] 제가 한 행위를 인정하는 폐하의 서명과 직

인이 여기 있습니다.

존 왕 하늘과 땅 사이에서 마지막 정산을 할 때에

이 서명과 직인이 나를 저주로

몰아넣을 증거가 되겠구나.

나쁜 짓을 하는 방법을 알게 되면 종종

나쁜 짓을 하게 되는 법이다. 너 같은 놈이 내 곁에 없었더라면   220
자연의 손길에 의해 그런 치욕스런 일을 하도록 정해지고,
알려지고, 도장까지 찍힌 놈이 없었다면
이런 살인은 생각도 못했을 것이다.
하지만 혐오스런 네 모습을 보고
잔인한 악행에 적격이며   225
위험한 일을 하기에도 어울린다고 여겨
그냥 지나가듯이 아서의 죽음에 대해 털어놓은 것뿐인데
너란 자는 왕에게 총애를 받겠다고
양심도 없이 왕자를 살해하고 말았도다.

휴버트 폐하―   230

존 왕 내가 뜻한 바를 넌지시 비췄을 때
네가 고개를 흔들거나 잠시 말을 끊거나
또는 이야기를 직설적으로 해달라며
내 얼굴에 의심의 눈길을 던졌다면,
나는 깊은 수치심에 입을 다물고, 그 일을 중단하고,   235
네가 두려워하는 것을 나의 두려움으로 받아들였을 것이다.
하지만 너는 내 몸짓으로만 나를 이해하고
몸짓만으로 죄와 협상을 한 것이다.
그리고 멈추지 않고 넌 마음으로 찬성하고
결국에 네 잔인한 손은   240
우리 둘이 차마 언급하기조차 싫은 그 짓을 저지르고야 말았다.
썩 꺼지거라, 다시는 내 앞에 나타나지 마라!

귀족들은 나를 떠났고, 나의 권위는

성문 앞까지 다가온 외국 군대에 의해서 위협 받고 있다.

245 아니, 이 살로 된 육체라는 영토에서도

피와 숨결로 된 이 영역에서도

내 양심과 조카의 죽음 사이에서

전쟁과 시민폭동이 벌어지고 있다.

휴버트 폐하의 영혼과 폐하 사이의 화해는 제가 맡을 터이니

250 폐하께서는 다른 적들이나 방어하소서.

어린 아서 왕자는 살아계십니다.

제 이 손은 아직 경험 없는 처녀와 같고

붉은 핏자국에 물들지 않고 죄가 없습니다.

제 이 가슴 속에는

255 살인이라는 끔찍한 생각이 들어와 본 적이 없습니다.

폐하는 제 외모를 가지고 성품까지 비난하셨지만

겉으로는 아무리 험상궂게 보이더라도

속마음은 선량하여

죄 없는 어린 아이를 죽이는 백정은 되지 않았습니다.

260 **존 왕** 아서가 살아있다고? 빨리 귀족들에게 달려가서

그들의 타오르는 분노에 이 소식을 쏟아 부으라.

그래서 그들을 다시 충성스러운 신하가 되게 하라!

내가 흥분하여 내뱉은 네 외모에 대한 언급은

용서하거라. 내가 화가 나서 눈이 멀었나보다.

265 상상 속에 나타난 흉측스럽게 피가 묻은 아서의 눈이

너를 실재보다 더 끔찍하게 보이게 했나 보다.

아, 대답할 것 없다. 분노한 귀족들을 최대한 빨리

내 방으로 모시고 오거라.

내가 재촉하는 것도 너무 느리구나. 빨리 달려가라. [퇴장한다.]

3장

성 앞

아서가 성벽 위에 등장한다.

아서   이 성벽이 높기도 하구나, 그래도 난 뛰어내릴 거야.
　　　　착한 땅아, 부디 불쌍히 여겨서 나를 다치지 않게 해줘!
　　　　나를 아는 사람은 거의, 아니 전혀 없어. 안다고 하더라도
　　　　뱃사공 모습으로 변장을 했으니 몰라보겠지.
5　　　겁이 나지만 해 볼 거야.
　　　　뛰어내려서 팔 다리만 안 부러지면
　　　　도망칠 수 있는 방법은 많을 거야.
　　　　가만있다가 죽느니 가다가 죽는 게 낫겠지.

　　　　　　　　　　　　[뛰어내린다. 잠시 황홀경에 빠진다.]

　　　　아니 이런! 숙부의 혼령이 이 돌 속에 박혀있네.
10　　　하늘이여 제 영혼을 받으소서. 영국이여 내 뼈를 묻어주소서!

　　　　　　　　　　　　　　[죽는다.]

　　　　　펨브룩, 설즈베리와 비곳이 등장한다.

설즈베리   경들, 나는 그 사람을 세인트 에드먼즈베리에서 만나겠소.[37]

---
37. 셰익스피어는 1214년에 벌어진 세인트 에드먼즈베리로 귀족들이 순례를 간 것과

그것이 우리 안전을 위해 좋소. 우리는 이 위험한 시기에

친절하게 해준 제안을 받아들여야만 하오.

펨브룩 누가 추기경의 편지를 가져왔소?

설즈베리 프랑스의 고귀한 귀족인 멜룬 백작이요.   15

그는 왕세자의 후의가 편지에 나온 것보다

훨씬 더 깊다고 알려주었습니다.

비곳 그러면 내일 아침에 만나도록 합시다.

설즈베리 아니 내일 아침에 출발이요. 만나기까지는

이틀은 꼬박 가야할 거요.   20

서자, 등장한다.

서자 다시 한 번 잘 만났군요. 화가 나 있는 귀족 분들!

폐하께서 제게 여러분을 당장 모셔오라고 청하셨습니다.

설즈베리 폐하는 스스로 우리를 버리셨소.

우리는 폐하의 피 묻은 얇은 망토를

우리의 순수한 명예로 장식하지는 않을 것이며   25

어딜 가든 핏자국을 남기는 발자국을 따르지는 않을 거요.

가서 그렇게 전하시오. 우리는 최악을 알고 있소.

서자 어떻게 생각하시든지, 좋게 말씀하시는 게 최상이죠.

설즈베리 지금은 예절이 아니고 슬픔이 말하는 것이오.

서자 하지만 슬퍼하실 이유가 없습니다.   30

1216년에 프랑스 왕세자가 상륙한 것을 융합하고 있다(Arden 109).

지금은 예절을 갖추시는 게 경우에 맞습니다.

펨브룩 보시오. 화가 나면 마음대로 할 수 있는 특권이 생기지.

서자 맞습니다. 그건 당사자를 해치는 거지, 예절을 범해서는 안 되죠.

설즈베리 이 성이 감옥입니다. [아서를 보고] 여기 누워 있는 게 누구지?

펨브룩 아 죽음이여, 순결한 왕자의 아름다움으로 도도해 있는가!

36   대지에는 이 짓을 감춰줄 구멍 하나 없구나.

설즈베리 살인이 스스로 한 짓을 혐오하여,

복수를 재촉하며 바깥에 놓아두었구나.

비곳 아니면 무덤에 모시려다가

40   묻어버리기엔 너무 귀하고 왕자다워서 못했나보지.

설즈베리 [서자에게] 리처드 경, 어떻게 생각하시오?

보거나 읽거나 들어본 적이 있소? 아니면 눈으로 보면서

보고 있다는 생각이 드시오? 아니 생각 비슷한 거라도 드시오?

이 시신이 없다면 이와 유사한 것을 상상할 수 있겠소?

이것이야말로 살인의 문장의 맨 꼭대기,

45   정점, 머리장식, 아니 머리장식 위의 장식이요.

이 일은 타오르는 분노의 눈,

격분으로 노려보는 눈이

연민의 눈물을 흘리는 자들에게 던져준 것 중

가장 잔인한 수치이며

50   야만적인 흉폭함이며, 비열한 타격이요.

펨브룩 과거에 저지른 모든 살인은 이번 일로 용서가 될 것이오.

그리고 이번 일은 필적할 데 없는 유일한 것이니

아직 일어나지 않은 죄악도

신성하고 순수한 것으로 여기게 할 것이오.

그리고 이 끔찍한 광경과 비교하면

목숨을 앗아가는 유혈 사태도 장난이라 인정될 것이오.   55

서자   저주받을 잔인한 짓이요.

만일 이 일이 어떤 손이 한 짓이라면

사악한 손이 저지른 불경한 작태요.

설즈베리   이 일이 어떤 손이 한 짓이라면!

우리는 이런 일이 벌어질 것은 예감하고 있었소.   60

휴버트의 손이 저지른 가증스러운 짓이요.

왕의 뜻을 따라 실행한 것이지.

나는 왕에 대한 복종은 내 영혼에게 금지시킬 것이오.

[무릎 꿇는다.]

이 사랑스런 생명의 잔재 앞에 무릎 꿇고

숨이 끊어진 귀한 분께   65

서약, 신성한 서약의 향을 바칠 것이오.

내 손으로 복수의 영광을 이룸으로써

이 손을 영광스럽게 할 때까지는

결코 세상의 쾌락을 맛보지 않을 것이요

결코 환락에 오염되지 않을 것이요,   70

안락에 가까이 하지 않을 것을 서약하오.

펨브룩   비곳. 우리의 영혼도 그 말을 경건하게 지킬 것이오.

휴버트, 등장한다.

휴버트 경들, 경들을 서둘러 찾느라고 몸이 달았습니다.

아서 왕자님은 살아계십니다. 폐하께서 경들을 모셔오랍니다.

75 **설즈베리** 저자는 뻔뻔스럽게도 죽음을 앞에 두고 낯짝을 붉히지도 않는구나.

꺼져, 이 혐오스런 악당 놈아, 꺼지라고!

휴버트 저는 악당이 아닙니다.

설즈베리 내가 법을 집행해야만 하겠느냐? [칼을 빼다.]

서자 경의 칼은 번쩍거리는군요. 다시 칼집에 넣으시죠.

80 **설즈베리** 살인자의 살을 찌르기 전에는 안 되지.

휴버트 물러 서시지오. 설즈베리 경. 물러서십시오.

부디, 제 칼도 경의 칼만큼이나 날카롭습니다.

경이 자기 자신을 잊고 덤벼

제가 진검으로 제 자신을 방어하게 되는 일이 있어서는 안 됩니다.

85 경의 분노만 보고,

당신의 가치, 높은 지위와, 신분은 잊어버릴까 그럽니다.

비곳 꺼져라, 이 똥 덩어리야! 감히 귀족한테 덤벼?

휴버트 절대 아니요. 하지만 상대가 황제라도

죄 없는 이 몸은 지킬 겁니다.

설즈베리 넌 살인자야.

90 **휴버트** 저를 그렇게 만들지 마십쇼.

난 아니요. 거짓을 말하는 자는

진실을 말하지 않는 것이고, 그런 자는 거짓말쟁이입니다.

펨브룩 저 놈은 토막을 쳐버려!

서자 제발 진정하시오.

설즈베리 가만히 있어라, 아님 내가 너를 찌른다, 포큰브리지.

서자 악마를 찌르는 게 나을 거요, 설즈베리.   95

당신이 내게 인상을 쓰거나, 발을 움직이거나

급한 성질을 부려 망신주면

당신을 쳐 죽여 버리겠소. 바로 칼을 거두시오.

아니면 당신과 저 칼을 박살내어

지옥에서 온 악마를 만난 줄 알게 만들겠소.   100

비곳 어떻게 하려고, 명성이 자자한 포큰브리지?

악당과 살인자 편을 드는 거야?

휴버트 비곳 경, 저는 살인자가 아닙니다.

비곳 누가 이 왕자를 죽였지?

휴버트 제가 왕자님과 헤어진 지 한 시간도 채 안 됩니다.

저는 그 분을 존경했고, 사랑했습니다.   105

저는 저 착하신 분이 돌아가신 것을 기리며

한 평생 울며 지낼 것입니다.

설즈베리 저자가 흘리는 간사한 눈물을 믿지 말라.

악당도 저런 눈물은 있는 법이다.

저자는 이런 일에 오래 종사했으니

마치 회한과 순수함의 강물 같이 보이게 하는구나.   110

나와 함께 갑시다. 도살장의 더러운 악취를 혐오하는

사람들은 전부 다 말입니다.

나는 이 죄의 냄새에 숨이 막힐 것 같소.

비곳 프랑스 왕세자가 계신 베리로 갑시다.

펨브룩 [휴버트에게] 왕에게 거기서 우리를 찾을 수 있을 거라고 말해라.

[귀족들 퇴장한다.]

서자 꼴좋구나! [휴버트에게] 이런 훌륭한 행동을 알고 있었나?

만일 당신이 이 살인을 저질렀다면,

무한한 자비의 한계를 넘어, 넌 지옥행이야, 휴버트.

휴버트 제 말 좀 들어보세요.

120 **서자** 이런! 내 말을 들어라.

넌 깜깜 지옥이야, 아니 어떤 것도 더 깜깜할 수 없지.

너는 마왕 루시퍼보다 더 깊은 지옥에 빠질 놈이야.

네가 이 아이를 죽였다면

어떤 지옥의 악마도 너보다 더 흉측하지는 않아.

휴버트 내 영혼을 걸고 . . .

서자 네가 만일 이 잔인한 작태에

125 동의만 했다고 하더라도, 네게 남은 것은 절망뿐이다.

네가 목을 맬 동아줄을 원한다면

거미가 자궁에서 뽑아낸

가장 가는 실로도 네 목을 맬 수 있을 거야.

가느다란 등심초가 네 목을 맬 들보가 될 수 있을 거야.

130 네가 물에 빠져 죽겠다면

숟가락에 물을 조금 담아봐,

그러면 너 같은 악한 놈을 질식시킬 만큼의

큰 바다가 될 거니까.

나는 네놈이 저질렀다고 의심할 수밖에 없다.

휴버트 이 아름다운 육체에 담겼던 달콤한 숨결을 훔치는 죄를   135

지었거나, 동의했거나, 그런 생각이라도 했다면

지옥의 모든 고통도 저를 고문하는 데 충분치 않을 겁니다.

헤어질 때는 무사하셨습니다.

서자 자, 왕자를 팔로 안아 올려라.

난 망연자실해서,   140

이 세상의 가시덤불과 위험 속에서 길을 잃은 것 같다.

죽은 왕족의 한 줌 시신으로

너는 영국 전체를 쉽게 들어 올리는구나!

이 땅 전체의 생명, 권리 그리고 진실은 하늘로

사라져버렸다. 그리고 영국은 이제   145

잡아 뜯고 싸우는 곳이 되었다. 당당하게 커가는 나라의

권세는 주인이 없어졌고, 이빨로 갈기갈기 찢길 판이다.

이제는 뼈밖에 안 남은 왕권을 두고

개를 닮은 전쟁이 성난 갈기털을 곤두세우며

평화의 부드러운 눈에 대고 으르렁거린다.   150

이제 외국에서 온 군대와 국내의 불만 세력이

하나로 합쳐지고 거대한 혼란이

까마귀가 병들어 쓰러진 야수를 기다리듯이

찬탈한 왕권이 곧 멸망하기를 기다린다.

이런 태풍을 견뎌낼 수 있는 망토와 허리띠를 가진 자는   155

복 받았다. 저 아이를 안고
빨리 나를 따르라. 나는 왕에게로 간다.
처리해야 할 일이 수천 개인데
하늘은 이 나라를 보고 인상을 쓰고 있구나.

[두 사람 퇴장]

5막

1장

영국의 궁정

존 왕과 팬덜프 추기경 및 수행원들이 등장한다.

존 왕 이렇게 내 영광의 왕관을

당신 손에 바칩니다. [왕관을 건네준다.]

팬덜프 [왕관을 존의 머리 위에 씌워준다.]

교황에게서 받듯이 나의 손에서

군주의 위대함과 권위의 표시를 다시 받으시오.

5 **존 왕** 이제 성스러운 약속을 지켜주시오. 프랑스 인들을 가서 만나

교황에게서 위임받은 모든 권한을 발휘하여,

이 나라가 불타버리기 전에 그들의 진군을 막아주시오.

불만을 가진 주들이 반란을 일으키고 있으며

백성들은 복종을 거부하고

충성과 애정을

혈통이 다른 외국의 왕에게 맹세하고 있소.

이렇게 제멋대로의 정서가 만연해있으니

진정시키는 것은 오직 당신에게 달렸소.

그러니 지체 마시오. 현재 상황이 중병이 들었으니

15 당장 약 처방이 필요하오.

아니면 되돌릴 수 없는 파탄이 날 것이오.

팬덜프 이 태풍이 불게 된 것도 내 입김 때문이었고
폐하가 교황에게 불손하게 대한 탓이오.
하지만 폐하가 다시 온유한 개종자가 되었으니
내 혀로 이 전쟁의 폭풍을 잠재우고   20
바람이 거센 이 땅에 맑은 날씨가 오게 할 것이오.
그리고 예수 승천절을 맞아,
폐하가 교황님께 한 충성맹세를 기려
프랑스군에게 가서 무기를 내려놓게 하겠소. [퇴장한다.]

존 왕 오늘이 승천절인가? 그 예언자가   25
승천절 정오에
내가 왕관을 내놓을 것이라고 말하지 않았던가? 바로 그렇게 됐군.
강제로 빼앗기는 거라고 생각했었는데
천만 다행, 내가 자발적으로 내놓는다는 거였군.

서자, 등장한다.

서자 켄트 전 지역이 항복을 하였습니다.   30
버티고 있는 곳은 도버 성뿐입니다.[38]
런던은 친절한 주인처럼 프랑스 왕세자와 그의 군대를 맞아들였습니다.
폐하의 귀족들은 폐하 말씀은 듣지도 않고,
폐하의 적에게 충성을 바치러 갔다고 합니다.
불안으로 가득 찬 소수의 지지자들은   35
미친 듯한 당혹감 속에서 갈팡질팡 하고 있습니다.

---

38. 켄트는 영국의 동남쪽에 있는 주를 말한다.

존 왕 아서 왕자가 살아있다는 말을 듣고 나면

　　　　귀족들이 내게로 다시 돌아오지 않겠느냐?

서자 귀족들은 어떤 저주 받은 손이

40　　　　생명이란 보물을 훔쳐 달아난 후 버린

　　　　빈 상자처럼 왕자님이 목숨을 잃고 길거리에 버려져 있는 것을

　　　　발견했습니다.

존 왕 저 악한 휴버트는 왕자가 살아있다고 말했건만.

서자 그가 알기로는 분명 그랬습니다.

　　　　한데 왜 그렇게 기가 빠지셨습니까? 왜 슬퍼 보이십니까?

45　　　　폐하의 생각이 그러하듯이 행동도 위대하셔야 합니다.

　　　　공포와 슬픈 불신이 왕의 눈을 지배하고 있다는 것을

　　　　세상이 보게 해서는 안 됩니다!

　　　　시대만큼 기운이 넘치시고, 불에 맞서서는 불이 되시고,

　　　　협박자에게는 협박을, 위협하는 공포는 노려봐야 합니다.

50　　　　그래서 위대한 사람들에게서 행동거지를 본받는

　　　　열등한 자들이 폐하의 본을 따라 훌륭해지며

　　　　담대하고 흔들림 없는 기상을 덧입게 될 것입니다.

　　　　자 가십시다. 전쟁의 신이 전쟁터에 나설 때처럼

　　　　반짝반짝 빛나셔야 합니다.

55　　　　용기와 솟구치는 자신감을 보여주십시오!

　　　　저자들이 사자 굴을 찾아

　　　　사자를 겁에 질리게 하고, 벌벌 떨게 해야겠습니까?

　　　　그런 말이 나와서는 안 됩니다. 먹잇감을 찾아 돌아다녀야 합니다.

멀리 있는 적에게 뛰어 나가 대적하고,

가까이 다가오기 전에 몸싸움을 벌여야 합니다!   60

존 왕 교황의 특사가 내게 들러서

다행히도 그와 화해를 하게 되었구나.

그는 프랑스 왕세자가 이끄는 군대를 해산시키겠다고

약속하였다.

서자 불명예스러운 화해입니다!   65

우리 영토에 머물고 있으면서 침략한 적에게

공정한 전쟁을 하자며 조약을 보내고, 타협을 하며

아첨을 하고, 협상을 해서, 비열한 휴전 협정을 맺는 겁니까?

수염도 안 난 어린 아이,

귀하게 큰 버릇없는 응석받이가 우리 땅에서 용맹을 떨치고   70

전쟁터에서 유혈을 보겠다고

한가롭게 펄럭이는 군기로 하늘을 조롱하고 있는데

내버려 둬야합니까? 폐하, 무기를 드십시다!

추기경이 평화 협정을 맺지 못할 수도 있습니다.

맺는다 해도, 적어도 우리가 방어를 할 의지가 있다는 것을   75

그들이 알아야 합니다.

존 왕 너에게 현 시국의 지휘권을 주겠다.

서자 용기를 가지고 출전합시다! [방백] 허나 나도 알지,

우리가 만나는 적이 더 기세등등할 수 있다는 걸.³⁹ [퇴장한다.]

---

39. 이 부분은 서자가 관객에게 강력한 프랑스군을 만나게 될 수 있음을 혼자 안타까
워하며 고백하는 것으로 해석한다(NCS 179).

2장

프랑스 왕세자, 설즈베리, 멜룬, 펨브룩, 비곳 그리고 병사들이
무장을 하고 등장한다.

루이 왕세자 멜룬 경, 이 문서를 사본을 만들어

기억해두기 위해 잘 간직하시오.

원본은 경들에게 다시 돌려드리시오.

여기에는 우리의 정당한 조약이 적혀있으니

⁵   저분들과 우리가, 항목들을 숙독하면

왜 우리가 성스러운 맹세를 하였는지 알게 될 것이며,

서로의 신의를 단호하고 불가침한 것으로 지켜낼 것이오.

설즈베리 저희 편에서는 결코 파기하는 일은 없을 겁니다.

고귀한 왕세자 폐하, 저희가 자발적으로 열정과 신의를

¹⁰   폐하가 하시는 일에 맹세하였습니다만

폐하, 정말이지 기꺼이 하는 것은 아닙니다.

이 시대가 만든 종기가 비난 받을 반역을 통해 고약을 찾고

상처 하나의 뿌리 깊은 궤양을 치료하기 위해

여러 개의 상처를 내는 일말입니다.

¹⁵   제 옆구리에 찬 이 칼을 빼서

과부를 만들어야한다니

슬프기 짝이 없습니다!

아, 명예로운 구조와 방어를

위해 설즈베리의 이름을 외치고 있는데!

하지만 이 시대가 그토록 오염되었으니   20

우리의 권리가 건강해지고 치유되기 위해서

우리는 가혹한 부정의와 혼란스러운 악행의 손을 들어

대처할 수밖에 없습니다.

오 슬픔에 잠긴 친구들이여,

이 섬의 아들이자 자녀인 우리가   25

이와 같이 애통한 시대를 목격하기 위해 태어난 것이니 안타깝지

아니한가?

이곳에서 우리는 이방인을 따라,

조국의 부드러운 가슴을 밟고 행군하고,

조국의 적군의 행렬을 채워야 하오.

멀리 떨어진 타국의 귀족들에게 영광을 바치려   30

여기서 낯선 깃발을 뒤쫓고 있다니,

이 어쩔 수 없는 상황의 치욕을 생각하면 물러나서 눈물 흘릴 수

밖에 없소이다.

그래, 여기서? 아 조국이여, 너를 다른 곳으로 옮길 수 있다면!

너를 감싸 안고 있는 넵튠의 두 팔이

너를 자의식에서부터 떼어내어   35

이교도의 해변에 가져다 붙였으면 좋겠구나.

그곳에서 이 두 기독교 국가의 군대들은

적대적인 피를 화합의 핏줄에 섞어

이웃답지 않게 피 흘리는 일은 없을 테니까!

루이 왕세자 경의 말씀에 고결한 성품이 드러나는군요.

경의 가슴 속에서 거대한 애국심이 요동치며

고결한 성품에 지진을 일으키는군요.

아, 당신은 불가피한 상황과 용기 있는 애국심 사이에서

얼마나 고결한 싸움을 싸워오셨습니까!

당신의 뺨에 은빛으로 흐르는

이 명예로운 이슬을 닦아드리겠습니다.

전에 어떤 여성의 눈물을 보고 그것이 그저 평범한 눈물이었는데도

내 가슴이 녹아내린 적이 있었습니다.

하지만 경이 흘리는 이 많은 눈물,

영혼의 태풍이 불어대는 소나기 같은 눈물은

내 눈을 놀라게 하고, 하늘의 둥근 천장이

불타는 유성으로 가득 장식되어있는 것을 본 것보다 더 나를

당혹스럽게 만듭니다.

명망 있는 설즈베리 경, 이마를 펴고

웅대한 마음으로 이 폭풍을 물리치십시오.

이 눈물들은 거대한 세상이 분노로 가득한 것을 본 적이 없는

따뜻한 혈기와, 웃음소리 그리고 잡담이 가득한

연회장 외에 다른 운명을 경험한 적이 없는

그런 어린 아이들에게 주시오.

자자, 이 루이 왕세자와 함께 풍요로운 번영의 지갑에

손을 깊숙이 집어넣는 겁니다.

자, 영국의 귀족 분들, 당신들도 마찬가지요,
당신들은 온 힘을 다해 내게 힘을 보태주니까요.

나팔 소리가 들린다.

그리고 바로 저기, 천사의 목소리가 들리는 것 같소.

팬덜프, 등장한다.

보시오, 교황의 사절이 오시는군요.   65
우리에게 천국이 손이 내어주신 보증서를 전해 주고
성스러운 숨결로 우리의 행동에 정의의 이름을
새겨주시려는 겁니다.

팬덜프 안녕하시오, 프랑스 왕세자 폐하!
드릴 말씀은 다음과 같습니다.
존 왕이 로마와 화해를 하였습니다.   70
신성한 교회와도, 위대한 수도, 로마의 교황청과도 맞서던
그의 영혼이 복종하였습니다.
그러니 위협적인 깃발을 내리시고,
거친 전쟁의 야만적인 정신을 가다듬어 주십시오.
그래서 사람 손으로 키운 사자처럼   75
평화의 발아래 양순하게 엎드려
보기와 달리 위협적이지 않아야 합니다.

루이 왕세자 각하께는 죄송하지만, 철수할 수는 없습니다.

고귀한 신분으로 태어나 내가

80 누가 시키는 대로 하거나 조정 당할 수는 없습니다.

전 세계 어느 왕국에 대해서도

필요할 때 써먹는 하인이나 도구 노릇을 해줄 수는 없소이다.

당신의 숨결이 먼저 이 뭇매를 맞고 있는 이 나라와 나 사이에

꺼져있던 전쟁의 석탄에 불을 점화시켰소이다.

85 그리고 이 불이 타오르도록 연료를 제공하였지요.

그런데 이제 불이 너무 커져서 불을 붙였던

약한 숨결로는 끄기가 어렵게 되었습니다.

당신은 정의의 얼굴을 알아보는 법을 가르쳤고

이 땅에 대한 나의 권리를 알려주었소.

90 그래요, 이 과업을 내 가슴에 심어주었소.

그런데 당신이 이제 와서 존 왕이 로마와 화해를 했다는 것을

말해주러 왔다고요? 그 화해가 내게 무슨 상관이죠?

나는 혼인의 권위 덕으로

아서의 사후에는 이 영국 땅을 나의 것으로 주장할 수 있습니다.

95 그리고 이제 절반이나 정복한 마당에

존이 로마와 화해를 했다는 이유로 후퇴해야겠소?

내가 로마의 노예요? 이번 원정을 지원하기 위해

로마가 내게 동전 한 닢이라도 보태주었나요?

병사를 지원했나요, 군수품을 지원을 했습니까?

100 이 비용을 감당한 것이 나 아닙니까?

나와 나를 따라 충성하는 이를 제외하고

누가 이 전쟁을 위해 땀을 흘리고, 버텨냈습니까?

내가 이 땅에 상륙해 정복한 도시를 지날 때마다 이 섬나라 백성들이

"국왕 폐하 만세"라고 외치는 소리를 듣지 않았습니까?

왕관을 걸고 하는 경기에서 쉽게 이길 수 있는   105

최고의 패를 내가 갖고 있는 게 아닙니까?

이미 다 이긴 경기를 포기하라는 말이요?

아니, 안 되오. 결단코 더 이상 들을 필요도 없는 말이요.

팬덜프 전하는 사태의 바깥면만 보고 계십니다.

루이 왕세자 바깥이고 안이고 간에, 나는 내가 의도한 바가 영광을 받기   110
전에는

돌아가지 않을 것이오.

내가 전쟁의 용맹한 정예병들을 소집하고

온 세상에서 불타는 기상을 가진 자들을 선발하기 전,

위험과 죽음의 아가리에서도

정복을 넘어서서 명성을 쟁취할 수 있다는   115

웅대한 희망이 약속되었기 때문이었소.

나팔 소리가 들린다.

저 요란한 나팔 소리는 무엇을 알리는 것이오?

서자가 부하들과 함께 등장한다.

서자 세상 돌아가는 공정한 방식을 준수해서

내가 하는 말을 좀 들어보시오. 나는 말을 전하려 왔습니다.

120 밀라노의 추기경, 당신이 영국 왕을 위해 어떻게

협상을 진행하고 있는지 알기 위해서 왕이 나를 보내셨소이다.

어떻게 대답하시는지에 따라 나는 허락받은 범위와 권한 내에서

말씀을 드리고자 합니다.

팬덜프 프랑스 왕세자는 완강하게 적의를 꺾지 않고 있으며

125 내 청원을 받아들이지 않고 있소이다.

전쟁을 멈추지 않겠다고 단언하고 있소.

서자 분노로 인해 흘린 모든 피에 걸고 말하겠는데,

저 젊은이는 말을 잘했다.

이제 우리 영국 왕께서 나를 통해서 하시는 말씀을 들어라.

130 국왕께서는 당연하게도 전투 준비를 다 하고 계시다.

원숭이 같이 어리석고, 무례한 침략,

갑옷 입고 하는 가면극, 제멋대로 설치는 왁자지껄,

이 수염도 안 난 건방진, 애송이 군단을

폐하께서는 보고 비웃고 계신다.

135 그리고 이 조그만 전쟁과 이 난쟁이 같은 군대를

채찍질해서 영토 밖으로 내쫓을 만반의 준비가 되어 있다.

힘 있는 폐하의 손은, 너의 집 문 앞에서도

너를 곤봉으로 후려치고, 쪽문으로 도망치게 하며

덮어두었던 우물 바닥으로 물통처럼 뛰어들게 하고,

140 마구간 널빤지 짚더미 속에 웅크리게 하고

담보물마냥 궤짝이나 트렁크 속에 처박혀 있게 하고

돼지와 동숙하고, 땅굴이나 감옥에서

편안한 피난처를 찾게 하고,

자기 나라 까마귀 우는 소리에도

무장한 영국군 소리인줄 알고 벌벌 떨게 만드신다.   145

이런 승리의 손이 네 방에서도 너를 꾸짖었는데

여기서 약해졌겠느냐?

아니다. 용맹한 우리 국왕께서는 무장을 갖추시고,

높이 솟아있는 둥지 위를 날고 있는 독수리처럼

집 가까이 다가오는 적들을 덮치려 하신다.   150

너희 타락한 자들, 배은망덕한 반역자들,

소중한 어머니인 영국의 자궁을

갈갈이 찢는 잔인한 네로 같은 자들아, 창피함을 알고 얼굴을 붉혀라.

너희들의 부인과 하얀 얼굴의 처녀들이

아마존의 여전사처럼 북소리를 따라 달려오고 있다.   155

골무 대신 전투용 장갑을 끼고

바늘 대신 창을 들고, 그녀들의 부드러운 마음씨는

맹렬하고 잔인한 성향으로 변모하였다.

루이 왕세자 허풍은 그만치고, 조용히 돌아가라.

욕지거리는 우리보다 잘하는 걸 인정하겠다. 잘 가거라.   160

저런 수다쟁이와 시간을 보내기에는

내 시간이 너무 아깝다.

팬덜프 내가 말을 좀 해야겠소.

서자 아니, 내가 말하겠다.

루이 왕세자 누구 얘기도 듣지 않겠다.

북을 쳐라. 이 전쟁의 소리가

165 우리의 권리를 주장하고, 우리가 여기 있음을 알릴 것이다.

서자 분명, 네 북은 두들겨 맞으면 소리를 내겠지.

너 또한 맞으면 소리를 낼 것이다.

시끄러운 네 북소리에 메아리를 울려 보겠다.

네 북소리만큼 커다랗게 울려 퍼질

170 북이 팽팽하게 준비되어있다.

하나를 두드려 봐라, 그러면 다른 하나가

네 북소리처럼 큰 소리를 내며 하늘의 귀에다 대고 떠들어대며

깊이 울리는 천둥소리도 압도할 것이다.

바로 이 앞에, 용맹하신 존 왕이 와 계신다.

175 이 머뭇거리는 특사는 꼭 필요해서라기보다는

재미로 보내신 것으로 신뢰하지는 않으셨다.

존 왕의 이마에는

뼈만 남은 죽음의 신이 앉아있다. 그가 오늘 할 일은

수천 명의 프랑스군 전체를 집어 삼키는 것이다.

180 **루이 왕세자** 북을 쳐라, 적을 찾아내자.

서자 찾게 될 거다, 세자, 틀림없다. [퇴장한다.]

3장

전쟁터

경보 소리. 존 왕과 휴버트, 등장한다.

존 왕 상황이 어떻게 되고 있는가? 휴버트, 말해 보아라.

휴버트 좋지 않은 것 같습니다. 폐하는 어떠신지요?

존 왕 오랫동안 나를 괴롭혀온 열병이
       무겁게 짓누르고 있구나. 아 가슴이 아프구나!

전령, 등장한다.

전령 폐하, 폐하의 용맹한 친척인 포큰브리지 경이   5
      폐하께서 전쟁터를 떠나시기를 바라고 있습니다.
      어느 쪽으로 가실 것인지 제게 알아오라 하셨습니다.

존 왕 스윈스테드로 가서 그곳 성당에 머물겠다고 전하거라.

전령 안도하십시오. 프랑스 왕세자가 여기서 고대하고 있던
      대규모 지원군을 태운 배가   10
      사흘 전 굿윈 모래 언덕에서 침몰했다고 합니다.[40]
      이 소식은 리처드 경에게 지금 막 전달되었습니다.

---

40. 굿윈 모래 언덕은 영국의 켄트 지역, 영국 해협 해변에 있는 16km 길이의 둔덕이
    다(wikipedia).

프랑스군은 사기를 잃고 싸우다가 퇴각하고 있습니다.

존 왕 아 이런! 이 폭군, 열병이 나를 아예 태워 버리려나보다.

이 좋은 소식도 기쁘게 맞지는 못하게 하는구나.

스윈스테드로 간다. 들것을 당장 가져와라.

몸이 너무 약해져서 기절할 것 같구나. [퇴장한다.]

4장

전쟁터의 다른 지역

설즈베리, 펨브룩, 비곳이 등장한다.

설즈베리 왕의 지지자가 그렇게 많은 줄은 몰랐소.

펨브룩 다시 한 번 일어섭시다. 프랑스군의 사기를 북돋아 줘야죠.

그들이 실패하면, 우리도 실패요.

설즈베리 애비가 누군지도 모르는 악마, 포큰브리지가

어떤 공격에도, 혼자서 잘 버텨내고 있소.   5

펨브룩 존 왕은 병세가 심해 전쟁터를 떠났다고 하더군요.

부상당한 멜룬 백작이 등장한다.

멜룬 영국의 반역자들에게 나를 데려다 다오.

설즈베리 좋은 시절에는 반역자라 불리지 않았었는데.

펨브룩 멜룬 백작이군.

설즈베리 치명상을 입었군.

멜룬 도망치시오, 영국의 귀족들이여, 당신들은 속아 넘어갔소.   10

거친 반역의 바늘귀에서 실을 빼내

저버렸던 충성심을 다시 맞아들이시오.

존 왕을 찾아 그의 발밑에 엎드리시오.

프랑스군이 오늘의 시끄러운 전투에서 승리한다면

15 루이 왕세자는 여러분이 고생한 대가로

여러분의 목을 자를 거요. 왕세자가 그렇게 맹세했고

나뿐 아니라 많은 사람들도

세인트 에드머즈베리 제단에서 같이 맹세하였소.

당신들과 소중한 우애와

20 변치 않는 사랑을 맹세했던 바로 그 제단에서 말이요.

설즈베리 이런 일이 있을 수 있는가? 이 말이 사실인가?

멜룬 지금 무서운 죽음이 내 시야에 들어와 있고,

얼마 안 남은 생명은

흐르는 피와 함께 사라져 가고, 불 앞에 있는 밀랍인형같이

25 형체를 잃어가고 있지 않소?

도대체 이제 내가 왜 경들을 속이겠소,

속인들 무슨 소용이 있다고.

내가 왜 지금 거짓을 말할 것이오?

나는 여기서 죽을 것이고, 죽은 후에는 진실을 말하면서 지내려는데.

30 다시 말씀드리지만, 만일 루이 왕세자가 오늘 승리하고

여러분이 동쪽에서 새 날이 밝아오는 것을 보게 된다면

왕자는 맹세를 어긴 것이오.

오늘 밤에라도 이 밤의 오염된 검은 숨결이

늙고, 약해지고, 낮에 빛을 비치느라 지친 태양의

35 불타는 머리 위에 벌써 연기를 뿜어대고 있으니

이 불길한 밤에, 당신의 숨은 끊어질 것이요,

배신한 죄 값으로

여러분 모두의 목숨을 배신당해 바치게 될 것이오.

루이 왕세자가 여러분의 도움으로 승리를 거두게 된다면 그리 되겠지.

존 왕을 모시는 휴버트에게 안부를 전해주시오.　　　　　40

그에 대한 애정과

내 조부가 영국인이라는 점이

내 양심을 일깨워 이 같은 고백을 하게 하였소.

그 대신, 부디 나를

이 시끄러운 전쟁터의 소음으로부터 벗어나　　　　　45

고요하게 생각을 정리하고

명상과 경건한 소망 중에 세상을 떠날 수 있도록 부탁드리오.

설즈베리 당신을 믿소. 이 좋은 기회가 주는 고마움을

소중히 여기지 않는다면 내 영혼은 저주 받을 거요.

이 기회에 우리는 저주받은 도피의 발걸음을 되돌려서

수량이 줄어 물러나는 홍수처럼,

제멋대로 넘쳐흐르는 물길을 버리고

우리가 뛰어넘었던 둑 안으로 몸을 굽히고 들어가　　　　　55

우리의 대양, 위대한 존 왕 앞으로

복종하며 흘러들어갈 것이오.

내 팔로 당신을 부축해드리겠습니다.

당신의 눈에서 모진 죽음의 고통이 보이네요.

자 가자, 동료들아! 새롭게 도망치자!　　　　　60

옛것을 바로 세우려는 행복한 새 길이요!

멜룬을 부축하고 퇴장한다.

5장

프랑스 진영

루이 왕세자가 그의 군대와 함께 등장한다.

루이 왕세자 영국군들이 자기 영토에서 지쳐빠져 후퇴하며,

뒷걸음쳐가고 있는 때에

하늘의 태양이 저무는 것이 꺼려지는 듯

멈춰 서서 서쪽 창공을 붉게 물들이는 것 같다. 아 우리는 용감하

게 후퇴하였소.

5　　　　불필요한 집중포화와

유혈전투를 마친 후에 우리는 잘 자란 인사를 하고

찢어진 깃발을 깨끗이 거두고 나니

전쟁터의 마지막 남은 자, 승자가 되었다.

전령, 등장한다.

전령　왕세자 저하는 어디 계십니까?

루이 왕세자 여기 있다. 무슨 소식이냐?

10　**전령**　멜룬 백작께서 전사했습니다. 백작의 설득으로

영국의 귀족들이 영국으로 전향했다고 합니다.

세자께서 오랫동안 기다리셨던 지원군은

굿윈의 모래 언덕에서 난파하여 침몰하였습니다.

루이 왕세자 끔찍하고 통탄할 소식이구나! 소식을 가져온 네게 저주있으랴!

오늘 밤 이렇게 슬프리라고는   15

생각하지 못했다. 깜깜해서 발이 걸리는 밤이

지친 두 나라 군대를 갈라놓기 한 두 시간 전에

존 왕이 도망쳤다고 말한 자는 누군가?

전령 누가 말했건 간에, 사실입니다. 저하.

루이 왕세자 알았다. 오늘 밤은 자기 구역을 잘 지키고 각별히 조심하도록 20

해라.

내일은 해가 뜨기 전에 일어나서

새로운 모험을 시도할 것이다. [퇴장한다.]

6장

스윈스테드 성당 근처

서자와 휴버트가 각각 등장한다.

휴버트 거기 누구냐? 말하라, 어서! 빨리 말하지 않으면, 쏘겠다.

서자 동지다. 너는 누구냐?

휴버트 영국 편이다.

서자 어디로 가는 거냐?

휴버트 그게 무슨 상관이냐? [사이] 네가 내 일을 물어보는데

⁵   내가 네 일을 물어보면 안 되느냐?

서자 휴버트인가 본데.

휴버트 제대로 맞췄다. 말하는 것을 보고 나를 알아내다니

       내 동지라는 걸 믿어도 별 탈 없겠다.

       너는 누구냐?

서자 맞춰봐라. 부디 나를 동지로 생각한다면

¹⁰   부모 중 한 쪽은 플랜태지넷

       가문인 것을 알아 두라.

휴버트 한심한 기억력 같으니라고! 앞이 안 보이는 밤에 당신을 알아보지 못한 것이

       저를 부끄럽게 만드는군요. 용감한 군인이시여, 저를 용서해주십시오

경이 하시는 말투를 듣고도

이 귀가 제대로 알아듣지를 못하다니.   15

서자 자자. 인사는 그만하고, 바깥 소식을 들려주게.

휴버트 사실은 경을 찾으려고 깜깜한 밤중에 걸어 다니고 있었습니다.

서자 간단히 하라. 새로운 소식은 무엇이냐?

휴버트 각하, 이 밤에 어울리는

깜깜하고, 무시무시하고, 쓸쓸하고, 끔찍한 소식입니다.   20

서자 이 나쁜 소식의 상처를 그대로 보여 다오.

난 여자가 아니니 기절하지는 않을 거다.

휴버트 국왕께서 수도승에 의해 독약을 드신 것 같습니다.

거의 말씀도 못하시는 지경이었습니다만

이 끔찍한 소식을 경께 알려드리고자   25

뛰쳐나왔습니다. 천천히 아시는 것도 보다

급박한 상황에 대처를 잘 하실 수 있을 것 같아서 입니다.

서자 어떻게 그것을 드셨느냐? 누가 먼저 시식을 했느냐?

휴버트 수도승입니다. 아주 작정을 한 악한입니다.

그 놈은 내장이 갑자기 터져버렸답니다. 국왕께서는   30

아직 말씀을 하시니 회복하실 지도 모릅니다.

서자 누구한테 폐하 간병을 맡기고 왔느냐?

휴버트 이런, 아직 모르시나요?

귀족들이 헨리 왕자까지 모시고

다 돌아왔습니다. 왕자의 요청으로 국왕은 그들을 사면하셨고   35

그들은 지금 폐하를 모시고 있습니다.

서자 전능한 신이시여, 분노를 거두시고

우리가 견디기 어려운 고난으로 저희를 시험하지 마소서!

내 말을 들어봐라, 휴버트, 오늘 밤 내 군대 절반이

40   모래톱을 지나다가 파도에 휩쓸려 버렸다네.

링컨 지역의 범람이 그들을 삼켜버렸다고.

나는 좋은 말을 타서 겨우 도망쳤네.

자 앞장서서 나를 폐하께 인도하게.

내가 도착하기 전에 승하하실까 걱정이군. [두 사람 퇴장한다.]

7장

스윈스테드 수도원의 정원

헨리 왕자, 설즈베리, 비곳이 등장한다.

헨리 왕자 너무 늦었습니다. 온몸의 피는 이미 독약에

오염되었고, 영혼의 허약한 처소라고 불리는

폐하의 순수한 두뇌마저 헛소리를 하시는 걸로 보아

죽음이 가까운 것 같습니다.   5

펨브룩, 등장한다.

펨브룩 폐하께서는 아직 말씀을 하시며,

바깥 공기를 쏘이면, 육체를 괴롭히고 있는

맹독의 타는 듯한 고통도

덜해질 것이라고 생각하십니다.

헨리 왕자 내가 폐하를 정원으로 모시고 나오겠소.   10

아직도 헛소리를 하고 계시오?

비곳, 퇴장한다.

펨브룩 왕자 전하께서 나가실 때보다는

진정되셨습니다. 조금 전에는 노래까지 하셨습니다.

헨리 왕자 병이 장난질을 하는구나! 극심한 고통도

지속되면 느끼지 못하게 되나보군.

15 죽음은 외양인 육체를 잡아먹고 나서는

눈이 안 보이게 육체를 떠나, 이제 마음을 공격한다.

괴상한 환상의 군단 여러 개가 찌르고 상처 내는구나.

그것들은 떼를 지어 마지막 보루인 마음을 공격하더니,

스스로 부서져버린다. 죽음이 노래를 한다니

20 괴상한 일이지.

나는 자신의 죽음에 대해 서글픈 노래를 부르고 있는

창백한 힘없는 백조의 새끼다.

쇠약한 성대가

영혼과 육체를 영원한 안식으로 인도하는

노래를 하고 있구나.

설즈베리 마음 편히 가지십시오, 왕자 전하. 전하께서는

부왕께서 망쳐놓고, 형체 없이 놔두신

대혼란의 상황을 형체를 갖추고자 태어나셨습니다.

의자에 앉은 존 왕을 수행원들과 비곳이 운반해서 등장한다.

존 왕 자, 그래 내 영혼에게도 여유 공간이 생겼으니

육체의 창이나 문으로 나가려고 하지 않을 것이다.

30 내 가슴 속은 무더운 한 여름이다.

내 모든 내장은 바스러져서 먼지가 되었다.

나는 양피지에 펜으로 갈겨쓴 꼴이다.

이 불같은 열기에 내가 오그라드는구나.

헨리 왕자 폐하 좀 어떠십니까?

존 왕 독을 마셨으니 아프지. 죽고, 버림받고, 내던져 진거야.   35

누구도 겨울을 불러

얼음 같은 손가락을 내 가슴속에 집어넣으라고 하지 않겠지.

내 왕국의 강물들이

내 타는 가슴 속으로 흐르게 하지도 않고.

북풍에게 간청하여 그 싸늘한 바람이 내 메마른 입술에 입 맞추어   40

차가움으로 날 위로해주지도 않을 거고. 나는 많은 것을 원하는

것이 아니다.

난 차가워서 위안이 되는 걸 부탁하는 거다. 너희는 너무나 인색하고,

은혜를 몰라 이런 것도 안 해주는구나.

헨리 왕자 아, 제 눈물에 어떤 효능이 있어서

폐하의 아픔을 덜어드릴 수 있다면!

존 왕 눈물의 소금은 뜨겁다.   45

내 몸 안은 지옥이다. 그 속에 갇혀서 독약은

치유 불가능한 저주받은 피에 대고

폭위를 떨치고 있다.

서자, 등장한다.

서자 폐하를 뵙기 위해 너무 격렬하게

속도를 내어 달려왔더니 온 몸이 불덩이가 되었습니다!   50

존 왕 아, 조카, 내 눈을 감겨주려 왔구나.

내 심장을 이끌던 항해도구들은 부서지고 불타버렸고,

내 목숨이 항해할 때 쓰던 밧줄들은

실 한 가닥, 머리카락 한 올로 변하고 말았다.

55   이 내 심장은 보잘 것 없는 실 한 개가 지탱해주고 있는데

네가 전하는 소식을 들을 때까지 버텨낼 것이다.

그리고 나면 너는 흙덩어리 하나,

산산 조각난 왕족의 모습을 보게 될 것이다.

서자 프랑스 왕세자가 이쪽으로 진격하고 있는데

60   우리가 어떻게 응전해야할지는 오직 하늘만이 아십니다.

지난밤에 제 군대 중 정예군을

틈새를 이용해 이동시켰으나

모래톱을 조심성 없이 지나다

예상치 않던 조류에 휩쓸려 버렸습니다. [존 왕이 죽는다.]

65 **설즈베리** 사람이 죽었다는 소식을 돌아가신 분 귀에다가 전하게 되었군요.

폐하! 나의 주인이시여! 방금 왕이셨으나 지금은 이렇게 되셨네.

헨리 왕자 나도 이렇게 달려가다가, 이렇게 끝이 나겠지.

방금 왕이셨으나, 지금은 흙이시니.

세상에 무슨 믿을 것이 있으며, 무슨 희망과 버팀목이 있는가?

70 **서자** 그렇게 가신 겁니까? 제가 남아 있는 것은

폐하를 위해 복수를 하기 위해서입니다.

그런 다음 제 영혼은 이 땅에서 전하의 신하였듯이

하늘에서도 폐하를 섬기고자 합니다.

[귀족들에게] 이제, 별님들이 올바른 궤도로 돌아오셨군요.

경들의 군대는 어디 있습니까? 충성심이 살아났다는 것을 보이셔서   75

즉시 나와 함께 전쟁터로 돌아가

허약해진 우리 영토의 힘없는 문전에서

파멸과 영원한 치욕을 몰아냅시다.

즉시 우리가 추격에 나서지 않으면 우리가 추격을 당할 것이오.

프랑스 왕세자가 우리 발뒤꿈치까지 와서 으르렁대고 있소.   80

설즈베리 당신이 우리가 아는 만큼 정보가 없는 것 같소이다.

팬덜프 추기경이 저 안에서 쉬고 계시오.

30분 전에 프랑스 왕세자로부터

평화 협상을 가지고 오셨소.

전쟁을 즉시 끝내기 위한 목적으로   85

우리가 명예와 자존을 지키고도 받아들일 만한 것이오.

서자 우리 군의 방어 능력이 얼마나 강한지를

알아야 끝낼 텐데요.

설즈베리 아니오, 벌써 실행이 되었소.

왕세자는 수화물을 실은 수레를 여러 대   90

해변으로 보냈소. 그리고 이 전쟁의 명분과 처리를

추기경에게 맡기었소.

당신이 괜찮다면

오늘 오후 당신과, 나, 그리고 다른 귀족들이

추기경을 만나서, 이 문제를 서둘러 원만하게 해결하려하오.   95

서자 그렇게 합시다. 왕자 전하께서는

다른 왕족들과 함께 이곳에 머물러

부왕의 장례식에 참석하십시오.

헨리 왕자 유해는 우스터에 모실 것이오.

그렇게 유언을 하셨소.

100 **서자** 그럼 그렇게 하십시오.

그리고 왕자 전하께서는 기쁘게

법통 왕권의 이 나라의 영광을 받으시옵소서.

전하께 저는 공손히 무릎을 꿇고

영원히 충성과 진심어린 복종을 바칠 것입니다.

105 **설즈베리** 저희의 사랑도 똑같이 바치옵니다.

영원토록 한 점 흠 없이 지속될 것입니다.

헨리 왕자 따뜻한 마음으로 감사를 드립니다.

눈물을 흘리는 것 밖에는 감사를 표현할 길이 없습니다.

서자 [몸을 일으켜 세우며] 꼭 필요한 만큼만 슬퍼합시다.

110 지금까지 슬퍼해야 할 일이 많이 있었으니까요.

우리 영국은 스스로가

먼저 상처를 내지 않는 한

결코 정복자의 오만한 발밑에

엎드릴 일은 없었으며, 앞으로도 결코 없을 것입니다.

115 이제 영국의 귀족들이 다시 조국으로 돌아오셨으니

전 세계가 우리를 쳐들어온다고 해도

우리는 그들을 물리칠 것입니다. 영국이 스스로에게 충성을 바친다면

어떤 것도 우리를 슬프게 할 수는 없을 겁니다. [모두 퇴장한다.]

작
품
설
명

1. 저작 연대와 텍스트, 그리고 출전

『존 왕』은 셰익스피어의 사극 그룹에서 외톨이로 떨어져 있는 작품이다. 셰익스피어 사극의 큰 줄기는 리처드 2세부터 리처드 3세까지를 다루는 8편이다. 14, 15세기를 다루는 이 큰 줄기는 튜더 왕조의 형성과정을 극화했다고 할 수 있다. 1590년대 후반에 집필된 『리처드 2세』(*Richard II*), 『헨리 4세 1부』(*Henry IV, Part 1*), 『헨리 4세 2부』(*Henry IV, Part 2*)와 『헨리 5세』(*Henry V*)와 전반부에 집필된 『헨리 6세 1부, 2부, 3부』(*Henry VI, Parts 1, 2 & 3*)와 『리처드 3세』(*Richard III*)까지가 셰익스피어 사극의 본류에 해당한다. 12세기 말에서 13세기 초 플랜태지넷 시대를 다루는 『존 왕』은 시대적으로도 사극의 큰 줄기에서 떨어져 있을 뿐 아니라 존 왕 자신이 영국 왕의 본보기로 분류되기에는 논란이 많은 인물이어서 작품 해석도 쉽지 않다.

『존 왕』은 『리처드 2세』와 『헨리 4세 1부』 집필 사이인 1596년경에 쓰인 것으로 추정된다. 집필 연도에 대해서는 다양한 의견이 공존한다. E.A.J. 호니그만(E.A.J. Honigmann)과 J. 도버 윌슨(J. Dover Wilson)은 1590년에서 1591년 사이로 주장한다. 호니그만의 주장은 『존 왕』의 원전으로 추정되는 작자미상의 『존 왕의 험난한 치세』(*The Troublesome Raigne of John, King of England*, 1591)가 셰익스피어 작품의 출전이 아니라, 거꾸로 『존 왕』이 그 작품의 출전이라는 것이다. 하지만 호니그만의 주장은 정설로 인정되지 않는 것이 학계의 추세이다.

텍스트는 1623년 발간된 2절판이 최초의 것이며, 이것이 유일한 권위 있는 텍스트이다. 이 텍스트는 막과 장 구분의 문제, 인물의 이름, 대사 주체의 혼란 등의 오류가 보이는데 이를 근거로 다수의 학자들은 가필 사본(Foul Papers)을 바탕으로 인쇄되었다는 주장을 펴고 있다.

출전으로는 『존 왕의 험난한 치세』가 가장 유력하다. 두 작품은 거의 같은 순서로 같은 사건을 기술하고, 유사한 플롯을 보여준다. 이 두 극은 1199년에서 1216년에 이르는 존 왕의 치세를 다루고 있다. 같은 인물과 같은 사건이 등장한다. 두 극 다 1215년에 있었던 존 왕의 대헌장(Magna Carta) 수용은 극화하고 있지 않다. 『존 왕의 험난한 치세』는 1591년 2개의 사절판으로 나뉘어 출판되었다. 1, 2편의 표지는 둘 다 이 극이 런던 시에서 여왕 극단에 의해서 수차례 공연되었음을 밝히고 있다. 『존 왕』이 『존 왕의 험난한 치세』의 출전이라는 호니그만의 주장이 학계에서 받아들여지지는 않지만 이 두 작품의 관계, 작가의 정체 등의 문제가 작품의 탄생기부터 존재했었던 것은 분명하다.

이 두 극 사이의 뚜렷한 차이는 가톨릭에 대한 정서이다. 『존 왕의 험난한 치세』가 강한 반가톨릭 정서를 보여주고 있다면, 『존 왕』은 그렇지 않다. 『존 왕』은 『존 왕의 험난한 치세』에 드러난 반가톨릭 정서를 순화하기 위하여 일부 사건과 에피소드를 생략하였다. 때로는 사건의 이해가 어려울 정도로 과감하게 생략되었다. 예를 들어서 『존 왕의 험난한 치세』에는 존 왕을 독살하려는 수도승의 독백과 실제 독살 장면이 포함된다. 『존 왕』은 죽어가는 고통이 생생하게 표현되는 존 왕의 사망 장면도 순화하였다. 『존 왕의 험난한 치세』의 작가로는 크리스토퍼 말로우(Christopher Marlowe), 조지 필(George Peele), 로버트 그린(Robert Greene), 토마스 롯지(Thomas Lodge) 등이 꼽히는데 최근에 와서는 조지 필을 유력한 작가로 보고 있다.

그 외에도 셰익스피어가 참고했을 것으로 보이는 자료로는 라파엘 홀린셰드(Raphael Holinshed)의 『잉글랜드, 스코틀랜드 그리고 아일랜드 연대기』(*Chronicles of England, Scotlande and Irelande*, 1587), 존 폭스(John Foxe)의 『활동과 업적』(*Actes and Momments*, 1563) 그리고 매슈 페리스(Matthew Paris)의 『주요 연대기』(*Chronica Majora*, 1571) 등을 들 수 있다.

2. 역사적 배경

존 왕(1166-1216)은 1199년에서 1216년까지 영국을 통치한 왕이다. 존 왕은 헨리 2세의 다섯 번째 아들이다. 그의 선대 왕은 장형인 사자 왕 리처드 1세이다. 리처드 1세가 자손이 없이 세상을 떠나자 그는 형의 뒤를 이어 즉위한다. 그 때에는 이미 다른 손위 왕자들은 세상을 떠난 후였다. 장자상속권이 확립되지 않은 상황에서 형의 자녀 대신 동생이 대를 잇는 것은 자연스러운 일이었다. 이 극은 시간상 격차를 두고 벌어지는 존 왕과 프랑스의 갈등(1199-1204), 존과 교황의 대립(1205-13), 귀족들의 반란(1214) 등을 극화한다. 존 왕의 왕위 즉위 이후 프랑스의 필립 왕은 존이 소유하고 있는 대륙 내의 영토를 인정해 주지만 1202년, 양국 간의 전쟁이 발발한 후 결국 1204년, 존 왕은 북 프랑스에 있던 영지를 잃게 된다. 존 왕은 잃어버린 영지를 되찾기 위해서 세금을 올리고, 군대를 개편하는 등 십여 년 간 노력을 멈추지 않는다.

존 왕은 캔터베리 대주교 선정을 두고 교황 이노센트 3세와 갈등을 빚게 되고 결국 파문된다. 윌리엄 왕의 대 정복 이후 영국 왕이 자신이 선택한 사람을 캔터베리 대주교로 임명하지 못한 것은 이때가 처음이었다. 1208년, 교황은 영국을 "파문"(interdict)하였는데 이에 따라 모든 교회에서 예배는 금지되고 유아 세례와 죽기 전 고해성사만 가능하였다. 갈등은 지속되고 결국 1209년, 존 왕 자신이 "파문"(excommunication)을 당하게 된다. 1213년이 되어서야 비로소 존 왕은 교황이 임명한 랭톤(Langton)을 캔터베리 대주교로 받아들이게 된다. 1214년, 존 왕은 프랑스의 필립 왕과 마지막 전쟁을 벌이지만 결국 패배하고 영국으로 돌아온다. 영국에서 그를 기다리고 있던 것은 존 왕의 재정 정책과 귀족에 대한 처우에 불만을 품은 귀족들의 반란이었다. 결국 존 왕은 1215년, 마그나 카르타 평화 협약에 서명을 하게 된다. 마그나 카르타에도 불구하고 존 왕과 귀족 간의 갈등은 계속되고 결국 내전이 일어나게 된다. 프랑스의 루이 왕세자가 반란군의 편에 들어서 영국에 상륙하고, 전쟁 중에 존 왕은 이질에 걸려서 사망하게 된다. 존 왕은 대중문화에서는 의적 로빈 후드가 나타나게 만든 폭군으로 그려지고 있지만 존 왕에 대한 역사적 평가는 '능력 있는 행정가'에서부터 잔인함 등 성격적 결함이 있는 인물에 이르기까지 일관되지 않는다. 존 왕의 사후 장자인 헨리 3세가 즉위한다.

3. 줄거리와 작품해설

1막에서 3막까지는 존 왕의 형 제프리의 아들 아서의 왕위 계승권을 되찾기 위해 프랑스가 병력을 일으켜 영국과 전쟁을 벌이는 상황이 전개된다. 4막과 5막은 아서의 죽음 이후, 영국 귀족들의 배반과 프랑스의 영국 공격과 철수로 구성된다. 영국의 궁정을 배경으로 하는 1막에서는 프랑스의 대사 샤띠옹이 등장, 프랑스에 있는 영국의 영지를 존 왕의 조카 아서에게 넘기라고 통보하지만 존 왕은 이를 거부하고, 전쟁을 선언한다. 이 때 로버트 포큰브리지 경의 아들들이 등장하는데 결국 장남이 리처드 왕의 서자인 것으로 밝혀진다. 뒤늦게 등장한 포큰브리지 부인은 서자에게 리처드 왕과 동침하게 된 과정을 고백하고, 서자는 왕의 서자라는 새로운 신분에 만족한다. 2막은 프랑스의 앙지에 시의 성문 앞을 배경으로 한다. 프랑스 왕이 아서와 아서의 모친인 콘스탄스, 오스트리아 대공과 함께 등장한다. 존 왕 또한 엘리노어 대비, 서자, 조카인 블랜치 공주, 귀족들과 등장한다. 프랑스 필립 왕과 존 왕은 앙지에를 비롯한 프랑스에 있는 영국 영지를 두고 다툰다. 시어머니와 며느리인 엘리노어 대비와 콘스탄스 사이에서도 아서의 왕권을 둘러싸고 말다툼이 벌어진다. 왕들은 앙지에 시민들에게 어느 나라에 충성할 것이냐고 묻지만 시민들은 정당한 왕이 결정되면 충성을 할 것이라고 말한다. 서자는 영국 군과 프랑스군이 연합하여 앙지에 시를 공격하자고 제안한다. 이때 앙지에 시민들이 프랑스의 왕세자인 루이와 존 왕의 조카인 블랜치 공주의 결혼으로 양국이 화합할 것을 제안한다. 콘스탄스는 두 왕족의 결혼과 양국의 화해로 아서가 왕권을 차지할 수 없게 되는 것을 깨닫고 절망한다. 3막 또한 프랑스를 배경으로 전개된다. 두 왕족의 결혼식이 거행되자마자 교황의 특사인 팬덜프가 등장해서 존 왕이 교황이 임명한 캔터베리 대주교를 거부한 것을 문제 삼는다. 존 왕은 결국 파문당하고, 팬덜프 특사는 필립 왕에게 영국 왕과의 친교를 단절할 것을 요구한다. 결국 잠시 화해했던 영국과 프랑스는 다시 전쟁을 벌이고, 서자는 부친인 리처드 왕을 죽인 오스트리아 대공을 살해한다. 아서 왕자는 영국군의 포로가 되고, 모친인 콘스탄스는 절망에 빠진다. 팬덜프 특사는 루이 왕세자에게 블랜치 공주의 권리를 받아 영국의 왕권을 주장할 수 있다고 유혹한다. 루이 왕세자는 아내인 블랜치 공주의 반대에도 불구하고 영국과의 전쟁을 재개한다.

4막은 포로가 된 아서 왕자의 이야기가 주축을 이룬다. 존 왕의 심복인 휴버트는 아서 왕자의 눈을 인두로 지지고 죽이려 하지만 순진한 아서의 간청에 결국 목숨을 살려주게 된다. 설즈베리, 펨브룩 등의 영국의 귀족들은 존 왕에게 아서 왕자의 방면을 간청하고 휴버트는 아서가 죽었다고 거짓으로 고한다. 실망한 귀족들은 존 왕의 곁을 떠난다. 존 왕의 운명은 아서의 운명과 맥을 같이 한다. 아서의 죽음과 함께 귀족들은 배신하고, 존 왕은 결국 몰락의 길을 가게 된다. 전령은 엘리노어 대비와 콘스탄스가 사망했음을 알린다. 서자는 프랑스군이 상륙했음을 전한다. 괴로움에 잠겨있던 존 왕에게 휴버트가 돌아와 아서가 살아있음을 알린다. 존 왕은 기뻐하면서 이 소식을 귀족들에게 전하라고 말한다. 성벽 위를 혼자 걷던 아서는 실족사하게 되고, 시신을 발견한 귀족들은 존 왕에 대한 복수를 맹세한다. 휴버트는 자신이 아서를 죽인 것이 아니라고 맹세하고 서자와 함께 아서의 시신을 들고 존 왕에게로 향한다. 5막에서 존 왕은 팬덜프에게 교황의 뜻을 따르겠다고 전하고, 대신 프랑스군을 설득해서 물러가게 해달라고 부탁한다. 영국에 상륙한 프랑스군의 캠프에서 팬덜프는 왕세자 루이를 설득하려고 하지만 루이는 거부한다. 서자는 프랑스 왕자에게 전의를 다지는 장광설을 늘어놓는다. 존 왕은 수도승에 의해 독살당하고, 왕위는 헨리 왕자에게 넘어간다. 팬덜프의 중재로 영국군과 프랑스군의 전쟁은 끝이 나고, 배신했던 귀족들은 돌아와 영국에 충성을 다시 맹세한다. 서자가 영국이 영국에 충성하는 한 다른 나라의 공격은 무섭지 않다고 독백하는 것으로 작품은 끝이 난다.

이 극의 주제로는 '진실'(truth), '적법성'(legitimacy)과 '편의성'(commodity)의 대조를 들 수 있는데 존 왕은 적법성 논란의 중심에 있다. 장자가 아닌 존 왕이 왕으로서의 적법성을 주장하기에 그의 자질은 너무나 취약하다. 그는 셰익스피어 왕 중 가장 왕 답지 않은 왕이며, 결코 성장하지 못하는 왕으로 평가받는다. 그는 장자가 아니라는 신분의 약점을 모친에게 의지하면서 헤쳐나가려 한다. 모친인 대비는 왕의 권리보다 강력한 병력이 더 필요요하다고 선언한다. 존 왕은 능동적인 리더가 되지 못한다. 위기의 순간에 수동적으로 대처한다. 프랑스 침공은 조카인 아서에게 왕권을 이양하기를 바라는 프랑스의 도전에 응전한 것이다. 앙지에에서의 치열한 전투는 조카인 블랜치와 프랑스 왕세자 루이의 결혼이라는 한 시민의 제안에 존 왕이 순순히 응함으로써 중단된다. 하지만 곧 결혼식 날 교황의 사절인 팬덜프가 등장하고, 교황과의 갈등으로 프랑스와의 전쟁은 재개된다. 존 왕은 비전을 보이는 리더십보다는 외부에서 들어오는 공격에 대응하고 자신의 권한을 지키기에 급급하다. 그에게 특별한 애민 정신이나 애국심이 보이지 않는다. 휴버트에게 조카 아서를 죽이라는 명령은 능동적으로 내린 것이기는 하지만 귀족들이 반발하자, 존 왕은 휴버트를 원망한다. '진실'은 그에게서 거리가 멀다. 모친의 사망 후 존 왕은 각을 세우던 교황청에 굴복하고 결국 팬덜프에게 왕관을 스스로 바친 후, 독살 당하게 된다. 1막에서 의기양양하던 그의 모습은 사라지고, 그는 무기력하고 비겁하기까지 한 모습을 보인다. 프랑스와의 전쟁은 그의 힘이나 '적법성'이 아니라 팬덜프의 중재로 마무리되고, 그는 죽어 흙으로 돌아간다. 죽기 직전 그가 남기는 대사는 "내 몸 속은 지옥이다"라는 말이다. 존 왕은 작품 내내 자신의 왕권과 영지를 지키기 위해서 프랑스와 영국을 오가며 안간힘을 쓰다가 허무하게 세상을 떠난다. 그의 삶에는 처음부터 적법성에 논란이 있었던 정권 유지에 대한 강박 이외에 열정이나 사랑은 찾기 힘들다.

바람직한 왕의 모습으로 비평가들은 서자를 들고 있다. 서자는 왕의 혈통을 타고 났으면서도 일말의 개인적인 야심이 없는 충신으로 그려진다. 논란이 있기는 하지만 포큰브리지 가의 재산을 포기하고 혈통을 선택하는 서자는 '적법성'을 쫓는 인물이다. 그는 존이 갖고 있지 못한 용기와 진실성 그리고 삶과 목표에 대한 열정을 보여준다. 서자는 자신이 옳다고 생각하는 것에 대해서는 열정을 아끼지 않는다. 서자가 가장 혐오하는 것은 '편의성'으로 부를 수 있는 기회주의와 배신이다. 4막 3장, 아서의 시신을 앞에 두고 내뱉는 서자의 분노는 하늘을 찌르고 분노할 때 분노할 줄 아는 진정한 영웅의 모습이다. 아서가 죽은 후 귀족들의 배신으로 사면초가에 빠진 존 왕을 격려하는 대사도 패기가 넘친다. 서자는 적이 다가오기 전에 뛰어 나가서 잡아야 하며, 교황의 사절의 중재를 통한 프랑스와의 평화 또한 불명예스럽다고 여긴다. 서자는 처음부터 끝까지 옳다고 믿는 것에 헌신한다. 프랑스 왕을 비롯한 많은 귀족들이 존 왕에 무기를 들었다가, 다시 화해하는 '기회주의자'들이지만 서자는 처음부터 끝까지 충성을 다한다. 작품의 끝, 존 왕이 죽은 후, 그는 헨리 왕자에게도 충성을 맹세한다. 작품의 마지막 대사는 헨리 왕자가 아닌 서자에게 주어진다. 합심하여 영국을 지켜나가는 임무를 헨리 왕자가 아닌 서자에게 줌으로써 작품은 서자를 다시 돌아보게 한다.

강한 여성 인물로 엘리노어 대비와 아서의 모친인 콘스탄스를 들 수 있다. 둘은 대조적인 인물이다. 스스로를 전사라고 부르는 엘리노어 대비는 정치적인 인물이다. 대비가 아들의 왕권을 수호하려는 의도에는 아들에 대한 사랑보다는 권력욕이 앞선다. 2막 1장에서 손자인 아서를 두고 대비와 콘스탄스가 벌이는 힘의 대결에는 팽팽한 긴장감이 흐른다. 대비는 아서의 자격을 박탈할 유언장을 쓸 수 있다고 협박한다. 대비의 야심은 철저하게 세속적이고 물질적이다. 반면 콘스탄스의 행보는 아서에 대한 지극한 사랑, 모성에 근거한다. 콘스탄스는 시어머니인 대비와 존 왕을 겨냥하며, 그들의 죄 때문에 장손인 아서에게 벌이 내린 것이라고 맞선다. 2막 2장 양국의 화해 소식을 알리는 설즈베리에게 퍼붓는 콘스탄스의 대사는 지옥을 아우른다. 결국 아서가 영국군의 포로가 된 후 실성해서 머리카락을 풀고 읊는 콘스탄스의 대사는 비애에 가득 차 있다. 콘스탄스는 셰익스피어 작품 중 가장 인상 깊은 어머니로 부상한다.

이 작품에서 악한 인물의 표상은 추기경 팬덜프이다. 존 왕과 프랑스 왕을 이간질해 전쟁을 다시 일으키는 그는 철저하게 정치적인 인물이다. 프랑스 왕세자와 존 왕을 배반한 귀족 등의 인물들은 이 극에서 '편의성'을 쫓지만 팬덜프는 명목이나 진실보다는 실리, 즉 편의성을 추구하는 대표적 인물이다. 결국 팬덜프의 꼬임에 빠져 프랑스의 루이 왕세자는 영국의 왕권을 노리고 전쟁을 다시 일으킨다.

아서를 죽이라는 명령을 받은 휴버트 또한 인상적이다. 왕의 명령과 양심 사이에서 휴버트는 하염없이 갈등한다. 그는 결국 '편의성'보다는 '진실'을 택하고 아서를 살려준다. 자신이 살려주었음에도 성벽에서 떨어져 죽은 아서를 껴안고 휴버트가 오열하는 4막 3장의 장면은 심금을 울린다.

이 극은 존 왕과 서자를 대비함으로써 진정한 왕의 모습은 무엇인가를 탐색한다고 평가된다. 그리고 영국의 법칙에 '실리'보다 '진실'과 '적법성'이 우위에 있는가를 탐색한다. 과연 서자가 존 왕의 튼튼한 대안으로서 성공적인 지도자의 모습을 보였느냐하는 것은 의문이다. 실리가 지배하는 영국에서 질서를 회복시키는 것은 서자가 추구하는 '진실'이나 '적법성'이 아니다. 프랑스 왕세자는 팬덜프의 설득으로 전쟁을 포기하고, 프랑스 왕세자의 음모를 알아차린 영국의 귀족들은 결국 영국 왕의 편으로 돌아온다. 반성이나 참회 같은 것은 존재하지 않는다. 극의 마지막, 서자는 정의의 소리를 내기는 하지만 다소 현실과 유리된 모습을 보인다. 서자만이 프랑스가 전쟁을 포기했다는 것을 모르고 있었던 것으로 그려진다. 실리가 지배하는 세상에서 서자의 이상주의는 아름답기는 하지만 현실에서 힘을 발휘하지는 못한다. 서자는 존 왕의 대안이기는 하지만, 이 극은 현실이 그렇게 이상으로만 통치될 수 없음을 보여준다.

4. 공연

이 극에 대한 기록은 1737년 2월 26일 코벤트 가든에서 있었던 공연이 최초의 것이다. 이 공연은 같은 해 3월까지 일곱 차례 계속되었다. 어린 왕자 아서는 엘리자베스 브릭스(Elizabeth Bricks)라는 여배우가 연기하였고 이후 아서는 여배우가 연기하는 전통이 확립되었다. 1745년에 비드 개릭(David Garrick)의 주연으로 『존 왕』이 다시 공연되었다. 캐스팅에는 콘스탄스 역할을 맡은 수자나 시버(Susannah Cibber) 등 당대 최고의 배우들이 참여하였다.

19세기는 『존 왕』 공연의 전성기였다. 당대의 유명하다는 배우, 프로듀서는 거의 다 『존 왕』에 참여했다고 해도 과언이 아니다. 『존 왕』은 당시 반불감정과 맞물려 성공을 거두었다. 특이한 공연으로는 1803년, 레딩 스쿨의 교장이었던 리차드 발피(Richard Valpi) 목사에 의해서 언어를 순화시킨 『존 왕』 공연을 들 수 있다. 코벤트 가든에서 열린 이 공연은 젊은 관객의 순화를 위한 교육 목적에서 작품을 수정한 것이다.

1804년부터 1817년 사이에 존 필립 켐블(John Philip Kemble) 제작의
『존 왕』이 매해 공연되었는데 사라 시든스(Sarah Siddons)가 콘스탄스
역할을 맡아 각광을 받았다. 19세기 공연 중 가장 잘 알려진 것은 1823
년 11월 코벤트 가든에서 있었던 공연이었다. J.R. 플랑쉬(J.R. Planché)
는 시대 의상을 최대한 정밀하게 재현하였다. 관객은 화려한 의상에 열
광했다. 빅토리아 시대에 들어와서도 『존 왕』은 큰 각광을 받았는데 화
려한 무대 배경과 의상 등이 빅토리아 시대 관객의 정조와 맞아 떨어졌
기 때문으로 파악된다. 1852년 프린세스 극장에서 있었던 『존 왕』 공연
에서 이 극은 가장 화려한 스펙타클과 정교하게 재현된 의상을 선보였
다. 이 무렵부터 스타 배우가 서자 역할을 맡고 아서는 여배우가 하는 것
이 정착되었다.

　하지만 20세기에 들어와서 『존 왕』은 큰 사랑을 받지는 못했다. 하
지만 공연은 간헐적으로 지속되었다. 1901, 1909, 1913년에는 스트랫포
드 어폰 에이번에서 공연되었고, 1917, 1918년에는 올드 빅에서도 공연
되었다. 1931년 새들러즈 웰즈 극장(Sadler's Wells Theatre) 공연은 당
시 경제 위기와 국제 관계의 긴장을 반영하며, 반전 메시지를 담아 공연
되었다. 1953년부터 2014년까지 스트랫포드 셰익스피어 페스티벌에서
5번 공연된 『존 왕』의 공연 빈도수는 높지 않았으나 꾸준히 공연되고
있다. 20세기 후반에 가장 찬사를 받은 공연은 1988년 데보라 워너
(Deborah Warner)가 연출한 로열 셰익스피어 극단의 공연이었다.

　『존 왕』은 1899년 허버트 비어봄 트리(Herbert Beerbohm Tree)에
의해서 무성영화로 제작되었는데, 5막에 존이 죽어가는 장면만을 영화로

제작한 것이다. 이 극은 두 차례에 걸쳐서 텔레비전용으로 만들어졌다. 1952년에는 도날드 올피트(Donald Wolfit)가 1984년에는 레너드 로시터(Leonard Rossiter)가 주연을 하였는데 둘 다 BBC에서 방송되었다.

최근의 공연사를 살펴보면 2008년, 뉴저지에 있는 허드슨 셰익스피어 컴퍼니가 공원에서 벌이는 정례공연에서 이 극을 공연하였다. 연출가 토니 화이트(Tony White)는 배경을 원작을 따라 중세로 설정하였으나 다인종, 성별 전환 캐스팅을 감행함으로써 새로운 시도를 감행하였다. 콘스탄스와 프랑스 왕세자 루이 역을 흑인배우들이 연기하였다. 『존 왕』은 2015년에는 마그나 카르타 800주년 기념으로 런던의 글로브 극장에서 공연될 예정이기도 하다.

■ 참고 문헌

김영아. 「『존 왕』: 배스터드와 튜더왕조의 국가주의」. *Shakespeare Review* 41.1 (2005): 29-55.

안병대. 「『존 왕』의 유기적 통합 구조」. *Shakespeare Review* 40.1 (2004): 91-113.

한국셰익스피어학회. 『셰익스피어연극사전』. 서울: 도서출판 동인, 2005.

Campbell, Oscar James. ed. *The Reader's Encyclopedia of Shakespeare*. New York: Thomas Y. Crowell, 1966.

Goddard, Harold. C. *The Meaning of Shakespeare*. Vol. 1. Chicago: U of Chicago P, 1960.

Shakespeare, William. Ed. E.A.J. Honingsmann. *The Arden Shakespeare: King John*. 2007.

Shakespeare, William. Ed. L.A. Beaurline. *The New Cambridge Shakespeare: King John*. 2012.

Tillyard. E.M.W. *Shakespeare's History Plays*. Middlesex: Penguin, 1969.

http://en.wikipedia.org/wiki/King_John_(play)

셰익스피어 생애 및 작품 연보

셰익스피어의 생애와 작품의 집필연대 중 일부는 비교적 정확히 기록되어 있는 자료에 의존할 수 있지만, 대부분은 막연한 자료와 기록의 부족으로 그 시기를 추정할 수밖에 없으며, 특히 작품 연보의 경우 학자들에 따라 순서나 시기에 차이가 있음을 밝힌다.

1564	잉글랜드 중부 소읍 스트랫포드 어폰 에이번Stratford-upon-Avon 출생(4월 23일). 가죽 가공과 장갑 제조업 등 상공업에 종사하면서 마을 유지가 되어 1568년에는 읍장에 해당하는 직high bailiff을 지낸 경력이 있는 존 셰익스피어와, 인근 마을의 부농 출신으로 어느 정도 재산을 상속받은 메리 아든Mary Arden 사이에서 셋째로 출생. 유복한 가정의 아들로 유년시절을 보냄.
1571	마을의 문법학교Grammar School에 입학했을 것으로 추정.
1578	문법학교를 졸업했을 것으로 추정. 졸업 무렵 부친 존은 세금도 내지 못하고 집을 담보로 40파운드 빚을 냄.
1579	부친 존이 아내가 상속받은 소유지와 집을 팔 정도로 가세가 갑자기 어려워짐.
1582	18세에 부농 집안의 딸로 8년 연상인 26세의 앤 해서웨이 Anne Hathaway와 결혼(11월 27일 결혼 허가 기록).
1583	결혼 후 6개월 만에 맏딸 수잔나Susanna 탄생(5월 26일 세례 기록).
1585	아들 햄넷Hamnet과 딸 쥬디스Judith(이란성 쌍둥이) 탄생(2월 2일 세례 기록).

1585~1592	'행방불명 기간'lost years으로 알려진 8년간의 행방에 관한 자료가 거의 없음. 학교 선생, 변호사, 군인, 혹은 선원이 되었을 것으로 다양하게 추측. 대체로 쌍둥이 출생 이후 어떤 시점(1587년)에 식구들을 두고 런던으로 상경하여 극단에 참여, 지방과 런던에서 배우이자 극작가로서 경험을 쌓았을 것으로 추측.
1590~1594	1기(습작기): 주로 사극과 희극 집필.
1590~1591	초기 희극 『베로나의 두 신사』(*The Two Gentlemen of Verona*) 『말괄량이 길들이기』(*The Taming of the Shrew*)
1591	『헨리 6세 2부』(*Henry VI, Part II*)(공저 가능성) 『헨리 6세 3부』(*Henry VI, Part III*)(공저 가능성)
1592	『헨리 6세 1부』(*Henry VI, Part I*)(토머스 내쉬Thomas Nashe 와 공저 추정) 『타이터스 앤드러니커스』(*Titus Andronicus*)(조지 필George Peele과 공동 집필/개작 추정)
1592~1593	『리처드 3세』(*Richard III*)
1592~1594	봄까지 흑사병 때문에 런던의 극장들이 폐쇄됨.
1593	「비너스와 아도니스」(*Venus and Adonis*)(시집)
1594	「루크리스의 강간」(*The Rape of Lucrece*)(시집) 두 시집 모두 자신이 직접 인쇄 작업을 담당했던 것으로 추정되며, 사우샘프턴 백작The third Earl of Southampton에게 헌사하는 형식. 챔벌린 극단Lord Chamberlain's Men의 배우 및 극작가, 주주로 활동.
1593~1603 및 이후	『소네트』(*Sonnets*)

1594	『실수 연발』(*The Comedy of Errors*)
1594~1595	『사랑의 헛수고』(*Love's Labour's Lost*)
1595~1600	2기(성장기): 낭만희극, 희극, 사극, 로마극 등 다양한 장르 집필.
1595~1596	『로미오와 줄리엣』(*Romeo and Juliet*)
	『리처드 2세』(*Richard II*)
	『한여름 밤의 꿈』(*A Midsummer Night's Dream*)
	『존 왕』(*King John*)
1596	아들 햄넷 사망(11세, 8월 11일 매장).
	부친의 가족 문장 사용 신청을 주도하여 허락됨(10월 20일).
1596~1597	『베니스의 상인』(*The Merchant of Venice*)
	『헨리 4세 1부』(*Henry IV*, Part I)
	스트랫포드에 뉴 플레이스 저택Great House of New Place 구입
	(마을에서 두 번째로 큰 저택으로 런던 생활 후 은퇴해서 죽
	을 때까지 그곳에 기거).
1598	벤 존슨Ben Jonson의 희곡 무대에 출연.
1598~1599	『헨리 4세 2부』(*Henry IV*, Part II)
	『헛소동』(*Much Ado About Nothing*)
	『헨리 5세』(*Henry V*)
1599	시어터 극장The Theatre에서 공연하던 셰익스피어의 극단이 땅
	주인의 임대계약 연장을 거부하자 '극장'을 분해하여 템즈강
	남쪽 뱅크사이드 구역으로 옮겨 글로브 극장The Globe을 짓고
	이곳에서 공연. 지분을 투자하여 극장 공동 경영자가 됨.
1599~1600	『줄리어스 시저』(*Julius Caesar*)
	『좋으실 대로』(*As You Like It*)

1601~1608	3기(원숙기): 주로 4대 비극작품이 집필, 공연된 인생의 절정기
1600~1601	『햄릿』(*Hamlet*)
	『윈저의 즐거운 아낙네들』(*The Merry Wives of Windsor*)
	『십이야』(*Twelfth Night*)
1601	「불사조와 거북」(*The Phoenix and the Turtle*)(시집)
	아버지 존 사망(9월 8일 장례).
1601~1602	『트로일러스와 크레시다』(*Troilus and Cressida*)
1603	엘리자베스 여왕 사망(3월 24일). 추밀원이 스코틀랜드의 제임스 6세를 잉글랜드의 제임스 1세로 선포.
	제임스 1세 런던 도착(5월 7일) 후 셰익스피어 극단 명칭이 챔벌린 경의 극단에서 국왕의 후원을 받는 국왕 극단King's Men으로 격상되는 영예(5월 19일).
	제임스 1세 즉위(7월 25일).
1603~1604	『자에는 자로』(*Measure for Measure*)
	『오셀로』(*Othello*)
1605	『끝이 좋으면 모두 좋다』(*All's Well That Ends Well*)
	『아테네의 타이먼』(*Timon of Athens*)(토머스 미들턴Thomas Middleton과 공동작업)
1605~1606	『리어 왕』(*King Lear*)
1606	『맥베스』(*Macbeth*)
	『안토니와 클레오파트라』(*Antony and Cleopatra*)
1607	딸 수잔나, 성공적인 내과의사인 존 홀John Hall과 결혼(6월 5일).
1607~1608	『페리클레스』(*Pericles*)(조지 윌킨스George Wilkins와 공동작업)
	『코리올레이너스』(*Coriolanus*)

1608~1613	제4기: 일련의 희비극 집필.
1608	셰익스피어 극장이 실내 극장인 블랙프라이어스Blackfriars 극장을 동료배우들과 함께 합자하여 임대함(8월 9일).
	어머니 메리 사망(9월 9일 장례).
1609	셰익스피어 극장이 블랙프라이어스 극장 흡수, 글로브 극장과 함께 두 개의 극장 소유.
1609~1610	『심벌린』(*Cymbeline*)
1610~1611	『겨울 이야기』(*The Winter's Tale*)
	『태풍』(*The Tempest*)
1611	고향 스트랫포드로 돌아가 은퇴 추정.
1613	『헨리 8세』(*Henry VIII*)(존 플레처John Fletcher와 공동작업설)
	『헨리 8세』 공연 도중 글로브 극장 화재로 전소됨(6월 29일).
1613~1614	『두 귀족 친척』(*The Two Noble Kinsmen*)(존 플레처와 공동작업)
1614~1616	말년: 주로 고향 스트랫포드의 뉴 플레이스 저택에서 행복하고 평온한 삶 영위.
1616	둘째 딸 쥬디스, 포도주 상인 토마스 퀴니Thomas Quiney와 결혼(2월 10일).
	쥬디스의 상속분을 퀴니가 장악하지 않도록 유언장 수정(3월 25일).
	스트랫포드에서 사망(4월 23일. 성 삼위일체 교회 내에 안장).
1623	『페리클레스』를 제외한 36편의 극작품들이 글로브 극장 시절 동료 배우 존 헤밍John Heminge과 헨리 콘델Henry Condell이 편집한 전집 초판인 제1이절판으로 출판됨.
	아내 앤 해서웨이 사망(8월 6일).

옮긴이 **김소임**
이화여자대학교 영어영문학과 졸업
위스콘신대학교 석사
에머리대학교 박사
현재 건국대학교 영미어문학과 교수

저서 『베케트 읽기』, 『아일랜드, 아일랜드』(공저)
역서 『욕망이라는 이름의 전차』, 『뜨거운 양철지붕 위의 고양이』, 『피그말리온』
논문 「벤 존슨의 『연금술사』에 나타난 풍자와 환상」
　　　「*Krapp's Last Tape*, 베케트 그리고 아일랜드」
　　　「*Orpheus Descending*에 나타난 미국 남부와 신화」
　　　「*Peter Pan*에 나타난 어린이 신화 다시 쓰기, 어린이 신화 다시 읽기」
　　　「*The Royal Hunt of the Sun*에 나타난 역사와 신화」
　　　"*The Dutch Courtesan* and the Renaissance Discourse on Prostitution"

존 왕

초판 발행일 2015년 9월 30일

옮긴이　김소임
발행인　이성모
발행처　도서출판 동인
주　소　서울시 종로구 혜화로3길 5 118호
등　록　제1-1599호
TEL　　(02) 765-7145 / FAX (02) 765-7165
E-mail　dongin60@chol.com
ISBN　　978-89-5506-677-7
정　가　8,000원